Matthias Ackeret
SMS an Augusto Venzini

Matthias Ackeret

SMS an Augusto Venzini

Roman

Impressum

© 2. Auflage, Juli 2021, Münster Verlag Zürich

Alle Rechte vorbehalten.

Umschlaggestaltung:	Corinne Lüthi
Gestaltung und Satz:	Corinne Lüthi
Lektorat:	Sandro Fässler
Druck und Einband:	CPI books GmbH, Ulm
Verwendete Schriften:	Adobe Garamond Pro, Brandon Grotesque
Papier:	Umschlag, 135g/m2, Bilderdruck glänzend, holzfrei; Inhalt, 90g/m2, Werkdruck bläulichweiss, 1,75-fach, holzfrei

ISBN 978-3-907301-27-2
Printed in Germany

www.muensterverlag.ch

«Wenn deine Bilder nicht gut genug sind,
dann warst du nicht nah genug dran.»
Robert Capa, Legende

«Paris erwacht, Venedig versinkt,
Zürich schläft.»
Augusto Venzini, Fotograf

«Einer Welt, in der ein Beat Pestalozzi möglich ist,
kann nichts passieren.»
Martin Walser im Roman «Angstblüte» (2006)

Teil 1: Sein

1.

Gischt spritzt Augusto Venzini ins Gesicht. Auf seinen Lippen spürt er Salz. Mit der ihm eigenen Geschmeidigkeit leckt er dieses weg. Fast schon pornografisch, denkt Augusto, schämt sich aber sogleich dafür. In MeToo-Zeiten sind solche Gedanken tabu, das Hirn in einem Korsett. Sogar in Italien.

Das Wassertaxi brettert durch die Lagune. Am Horizont die Silhouette Venedigs, die von der Abendsonne geküsst wird. Immer feingliedriger, immer präziser. Als hätte er das Objektiv seiner Leica ausgewechselt. Seiner treusten und längsten Geliebten.

Augusto Venzini kneift die Augen zusammen. Der Fahrwind streift sein Gesicht, nicht zärtlich, fast schon brutal. Warum müssen sich in Venedig immer alle Klischees erfüllen?, denkt der Starfotograf und spürt die Brise in seinem Dreitagebart.

Starfotograf – wie er diese Bezeichnung hasst. Und gleichzeitig ist er froh, nicht der Gilde der namenlosen Knipser anzugehören, die auf Facebook oder Instagram ihr Ego prostituieren. Er weiss: Solange es Medien gibt, braucht es Fotografen. Solange es Stars in den Medien gibt, braucht es Starfotografen. Mediengeilheit ist die einzige Geilheit, die bis ins hohe Alter konstant ist. Wer sich Venedig nähert, wird Teil einer gewaltigen Inszenierung, wird zum namenlosen Statisten auf der grösstmöglichen Bühne, die das Welttheater zu bieten hat.

Es sind jene Momente, in denen sich Normalsterbliche als Filmstars oder zumindest als Netflix-Helden fühlen.

Mit Ausnahme von Augusto Venzini, er ist gestresst. Dafür ist auch ein Sonnenuntergang keine Entschädigung.

Die SMS kam vor einigen Tagen, völlig unverhofft. Absender unbekannt. Das Datum: der 10. Juli 2019.

«Übermorgen nach Venedig. Allein. Wichtige Begegnung. Ticket hinterlegt, Hotel La Fenice reserviert. Absolut vertraulich!»

Augusto wunderte sich, dass jemand in der heutigen Zeit noch SMS verschickt, Whatsapp entspricht nicht nur dem Zeitgeist, es ist auch kostenlos. Gleichzeitig hatte er ein untrügliches Gefühl für lebensentscheidende Momente entwickelt, einen Seismographen der eigenen Befindlichkeit. Diese SMS zu ignorieren, wäre fahrlässig. Wer die Gefahr im Vorfeld bändigt, lebt länger – und auch gefahrloser. Doch warum ausgerechnet nach Venedig? Warum nicht nach New York, Nowosibirsk oder ganz einfach nach Paris? Diese Stadt hatte ihm Glück gebracht.

Und vor allem jetzt; übermorgen werden der amerikanische Präsident und seine reizende Ehefrau in der Lagune erwartet. Deren Beine sind länger als das Hochhaus ihres Gatten an der 5th Avenue. Doch schon schämt sich Augusto für den unsittlichen Gedanken. Es ist, als wäre eine Anstandsschranke in sein Hirn transplantiert.

Das Boot prescht direkt auf Venedig zu. Das Meer hat die Abendsonne mittlerweile ganz verschluckt. Trotzdem ist die Anspannung greifbar. Venzini glaubt sogar, im unruhigen Wasser Periskope der US-Armee zu erkennen. Stars and Stripes bei den Dogen. Grauenhaft, denkt er, wie sich die neue Welt über die alte stülpt. Doch Venedig scheint es den Amerikanern angetan zu haben: Hemingway war zwei Jahre hier, um sich zu verlieben, zu jagen und sich bei Harry's in die vierte Sphäre zu saufen. Erschossen hat er sich trotzdem – und anderswo, irgendwo in der Weite des Mittleren Westens. Und später Clooney. Ganze zwei Tage bolzte er bei seiner Hochzeit durch die Kanäle. Den Scheidungstermin wird es nicht aufhalten. Dass Heidi Klum bei ihrer Hochzeit Capri wählte, spricht für ihre Selbsteinschätzung. Wahre Demut, Venedig wäre für eine überreife Rheinländerin mit bärtigem Ossi eine Nummer zu gross. Da nützen auch California Blue und ein Koffer in Bel Air Place nichts. Wer aus Bergisch Gladbach stammt, bleibt immer dort.

Der Fahrer drückt aufs Gas. Für einen Moment hat er sein iPhone zur Seite gelegt. Der Motor heult auf, das Boot – braunes Mahagoniholz – hebt ab, verharrt eine kurze Ewigkeit in der Höhe, bevor es ruckartig zurück auf das Wasser klatscht. Der Fahrer, braungebrannt und Sonnenbrillenträger, blickt nach hinten, als wollte er dadurch Venzinis Zustimmung erheischen. Vor allem ist er Italiener. Ein Hasardeur, denkt Venzini ohne jegliche Bewunderung. Vielleicht will er sich auch einfach bei den Amis beliebt machen. Trotzdem ringt sich Venzini sein breitestes Venzini-Lächeln ab und nickt, was der Fahrer dankbar entgegennimmt; ein Freipass für alle politischen Unkorrektheiten. Es ist die Venzini-Genialität, seine ganze

Befindlichkeit hinter seinen Zähnen zu verstecken. Mache dich und die Welt immer besser, als sie ist. Wenn es keiner glaubt, immerhin du. Wenn es keiner weiss, immerhin du. Trotzdem: Eine Überdosis positiven Denkens kann den Blick auf die Realität verschleiern. Wenn dies einer weiss, dann Augusto. Bereits die Ankunft beim Aeroporto Marco Polo versprach wenig Gutes. Ein völlig überdimensioniertes Gebäude mit einem einzigen Ziel: von der Hässlichkeit Mestres abzulenken und die Schönheit Venedigs hervorzuheben. Was aber weitaus schlimmer war: Das Flugzeug kam mit grosser Verspätung in Venedig an. Es war bereits nach acht Uhr. Ein schreckliches Gewitter über den Alpen probte den Weltuntergang. Die kleine Swiss-Maschine glich einem Schüttelbecher, was die Stewardessen mit ihrem eingefrorenen Lächeln zu ignorieren versuchten. Normalität first. Doch damit konnte man Augusto, den Immer-Smiler, nicht täuschen. Stattdessen hielt er seinen Kopf zwischen den Armen eingeklemmt und versuchte so, die meteorologischen Kapriolen zu bewältigen. In seinem Gaumen spürte er urplötzlich jene Leere, die das Überhandnehmen des Magens ankündete. Irgendwo hatte er gelesen, selbst auf Faradaykäfige sei kein Verlass mehr. Venzini betete, dass es sich um Fake News handle.

Als die Maschine endlich auf italienischem Boden aufsetzte, erfasste ihn ein Glücksgefühl. Zumindest auf die Physik war noch Verlass. Keine Selbstverständlichkeit in einer Welt, in der alles aus den Fugen geriet. Noch erfreulicher aber, nicht erbrochen zu haben. Dafür war die Reise doch zu kurz. Der Körper handelte manchmal pragmatisch, redete er sich ein. Ein sich übergebender Venzini wäre das Schlimmste gewesen, was hätte passieren können. Eine Schwäche, ein Zeichen von Nichtkontrollierbarkeit, das sich – nicht übersehbar – auf seinen Kleidern abgezeichnet hätte. Und dies in Gegenwart von Dr. Beat Pestalozzi, jenem Zürcher Anwalt, dessen Frau er weggeschnappt hatte.

Dass dieser nur zwei Reihen vor Venzini sass, war ein schlechtes Omen. Und erst noch in der Businessklasse. Doch Pestalozzi schien ihn nicht bemerkt zu haben, jedenfalls liess er sich nichts anmerken. Vielleicht verfügte er auch über das Talent des Überalleshinwegsehens, eine Fähigkeit, die jeden guten Anwalt auszeichnet. Dass Dr. Beat wirklich so gut war, wie sein akademischer Grad und seine Büroadresse – Bahnhofstrasse – es andeuteten, bezweifelte Venzini. Doch ihn besorgte anderes: die Tatsache, dass dieser bornierte Trottel ausgerechnet jetzt nach Venedig reiste. Zwar mögen die Chinesen mit ihren Riesenbooten die Lagune fluten und der amerikanische Präsident sein Erscheinen ankünden, die Präsenz von Dr. Beat erregte ihn am meisten. Nicht so wie der Anblick einer schönen Frau. Nein, vollkommen anders. Früher, registrierte Venzini, wäre er in solchen Situationen cooler gewesen. Damals, bei der japanischen Mafia. Oder den afrikanischen Voodoo-Priestern.

Selbst bei den philippinischen Menschenfressern war er erstaunlich ruhig geblieben, im irrigen Glauben, dass diese vegetarischer eingestellt seien, als sie vorgaben. Ein letztes Prinzip Hoffnung in Todesnähe. Am Ende bekam

Venzini recht. Sie liessen ihn am Leben, und zur Freude verführte er am nächsten Tag die Frau des Menschenfresser-Häuptlings, was auf eine gewisse Leichtsinnigkeit hindeutete. Doch der Oberchef blieb ruhig – und auch tolerant. Er klopfte Venzini anerkennend auf die Schulter. Und tat so, als wüsste er von nichts. Eine ähnliche Ignoranz, wie sie Dr. Beat zwei Stuhlreihen vor ihm zelebrierte. Erst später – und dies so nebenbei – erfuhr er von seinem Berufskollegen Hannes, der einige Jahre danach bei den gleichen Kannibalen hauste, dass der Häuptling seine Frau verspiesen hätte. Ohne weitere Angabe von Gründen.

Doch dies war so lange her. Jetzt war Gegenwart. Und die Welt kurz vor dem Untergang. Venzini blickte für einen kurzen Moment aus seiner meteorologisch bedingten Demutshaltung auf, spienzelte zwischen dem grauen Vorhang hindurch in die Businessklasse und registrierte, dass Pestalozzi trotz des Gewitters ein Buch las. Oder zumindest so tat. Diese Überheblichkeit war beeindruckend, als teilte er die Welt zwischen Business und Eco auf. Was normalerweise aber ein Affront ist: Einen Venzini übersieht man nicht! Trotzdem war er froh, dass er ihn nicht in seiner erbärmlichen Lage sah. Venzini schloss seine Augen wieder, sein Kampf galt dem Gewitter.

Als Augusto Minuten später bei der Anlegestelle des Flughafens auf ein Wassertaxi wartete, sah er keinen Beat. Was ihn wenig erstaunte, es ergab sogar Sinn: «Wer Pestalozzi heisst, gönnt sich nichts.» Höchstwahrscheinlich würde er den billigeren Umweg mit Touristenboot oder Eisenbahn über Mestre wählen, vermutete Augusto. Die Businessklasse als profunder Ausrutscher. Die Art, wie man sich Venedig nähert, sagt viel über die Persönlichkeit des sich Annähernden aus. Dass Beat dabei schlecht wegkommt, ist selbstredend, dachte Augusto.

Die Dunkelheit lullt die ganze Lagune ein, als das Schnellboot die Stadtgrenze erreicht. Je näher man Venedig kommt, desto weniger ist sie jene stolze Diva, die sie permanent zu sein vorgibt. Alles ist intimer, fast schon menschlich: Das Wasser stinkt und ist schmutzig. Was für eine Begrüssungsorgie, denkt Venzini und wirft einen Kontrollblick auf seine braune Maxwell-Scott-Tasche. Dies, obwohl ausser dem Fahrer, der sein Handy zur Seite gelegt hat und nun hochkonzentriert durch einen der schmalen Wasserkanäle kurvt, niemand auf dem Boot ist. Aber man war in Italien. Das erfordert Achtsamkeit. «Kopf runter», schreit der Fahrer und blickt nach hinten. Venzini duckt sich reflexartig, der Schatten einer Brücke huscht wenige Zentimeter über seinen Kopf hinweg. «Tod in Venedig», denkt der Starfotograf. Kopflos in Venedig wäre das Schlimmste, auch wenn sich dadurch einige Probleme elegant lösen würden. Doch tot ist tot. Das ist endgültig, im Nichts gibt es keine Erwartungen mehr.

Erleichtert schaut Venzini auf sein iPhone, froh, dass keine weitere Meldung eingetroffen ist. Aber vielleicht befindet er sich in einem Funkloch. Möglicherweise hat der amerikanische Geheimdienst bereits alle Leitungen gekapert. Das Banksy-Graffito am Rio Novo bemerkt er nicht; es wäre aber auch schon zu dunkel gewesen.

Kaum hat das Boot den Canale Grande erreicht, erhöht der Fahrer das Tempo. Normalerweise hätte Augusto gestaunt, doch jetzt sind seine Gedanken anderswo. Venedig ist weltweit die einzige Stadt, die keinen Vergleich zu scheuen hat. Da konnten Amerikaner und Chinesen noch lange kopieren: Mehr als das Original geht nicht. Und immer perfekt ausgeleuchtet. Die Stadt fordert gnadenlos jene Beachtung ein, die sie verdient. Damit konnte nicht einmal Angelina Jolie in «The Tourist» mithalten, einem misslungenen Remake eines französischen Thrillers, der in Venedig spielt. Langsam löst sich der Stress. «Jetzt nicht unachtsam werden.»

2.

Natürlich hatte Dr. Beat im Flugzeug Venzini gesehen. Schon beim Einsteigen, er war auch nicht zu übersehen. Mehr noch, Beat hatte den Platz zwei Reihen vor Venzini bewusst so gewählt, damit er direkt vor ihm thronte. Dass er in der Businessklasse sass und Augusto in der Eco – geschenkt. Eine kleine Pointe zur Begrüssung, ein virtueller Gruss aus der Küche. Wichtig nur, dass Venzini wusste, wer vor ihm sitzt. Da konnte dieser noch lange sein doofes Smile und seinen «Ich sehe nur, was vor meiner Linse ist»-Blick anwenden. Für Beat war klar, dass er ihn gesehen hatte. Ein Fotograf sieht alles, vor allem ein Starfotograf. Beat bat den Maître de Cabine diskret, doch einen Spalt des Vorhangs zwischen Business- und Ecoklasse geöffnet zu lassen, damit er in Augustos Blickfeld bleibe. Sie seien – Beat musste selbst lachen – ziemlich beste Freunde. Dass sich Venzini über den Alpen beinahe übergeben musste, ein erster, kleiner Triumph. Da machen sie auf Starfotograf und schwärmen permanent von ihren Heldentaten in Vietnam, Iran und Irak. Kaum hat das Wetter Periode, brechen sie zusammen. «Starfotograf», Dr. Beat schnalzte verächtlich mit der Zunge, ausgerechnet im Zeitalter von Instagram und Selfies. Dass Augusto beim Brand der Notre-Dame vor einigen Wochen am richtigen Ort stand und sich so ins kollektive Bewusstsein zurückknipste, Zufall – oder zumindest ein gesteuerter. Keine grosse Kunst, nur im richtigen Moment am richtigen Ort. Beat streckte selbstgefällig seine Füsse nach vorne, kostete die erweiterte Beinfreiheit aus. Als er Augustos verzweifelten Blick in seinem Rücken spürte, nahm er ein Buch hervor und begann darin zu lesen. Wie ein Fels in der Brandung. Stimmiger Titel: «Business Class» von Martin Suter. Eigentlich hätte er lieber Jean Ziegler gelesen, «Die neuen Herrscher der Welt», doch so mutig war er nicht: Ein Schweizer Rechtsanwalt aus dem Bankenviertel ist unter Dauerbeobachtung. Selbst hoch über den Schweizer Alpen, da konnten noch so viele Blitze einschlagen.

Beats Wassertaxi nimmt Kurs auf Venedig, zwei Boote hinter demjenigen des Starfotografen. Höchstwahrscheinlich glaubt Venzini, dass er den Billigweg über Mestre nehme. Beat schmunzelt ob dieser Vorstellung, trotzdem juckte es ihn, wenn ihm Venzini kein Wassertaxi zutrauen würde. Als Geizhammel zu gelten, ist seine Achillesferse. Vor allem, weil es im Bereich des Möglichen liegt. Er spürt einen Salztropfen auf seiner Lippe. Er lässt ihn sein. Vor ihm – von den letzten Strahlen der Abendsonne beleuchtet – Venedigs Schattenriss. Ein Meisterwerk, denkt der Anwalt, das können nur die Italiener. Wie bieder wirkt dagegen die Skyline von Zürich: Da könnten sie noch so viele Hochhäuser aufziehen. Im Showdown gegen die Dogen macht Zwingli immer Zweiter. Beat zieht sein iPhone aus seiner weissen Hose und macht ein Bild. Es gibt nur wenig auf der Welt, was mehr Wichtigkeit erzeugt als die Einfahrt in Venedig mit einem Wassertaxi. Dieser Mix von Fahrwind und Meerwasser stärkt jedes Ego. Dann schliesst Beat die Augen, schnauft lange durch und öffnet sie wieder, als er ahnt, dass sie die Hinterseite der Stadt erreicht haben.

Mit Schrecken bemerkt er, dass sein Boot mittlerweile zu Venzinis aufgeschlossen hat. Das ist nicht der Sinn. «Più lento, più lento!», ruft er mit seinem Migros-Klubschul-Italienisch und deutet dem Fahrer mit einer für ihn untypisch abgehackten Bewegung an, den Motor zu drosseln. Theatralik ist die einzige Sprache, die ein Italiener versteht. Der Driver geht vom Gas. Venzini auf dem vorderen Boot scheint ihn diesmal nicht bemerkt zu haben. Das wäre jetzt das Dümmste, denkt Beat. Klassischer Anfängerfehler. Wie hasst er diese klischierten Hollywood-Streifen und Netflix-Serien mit ihren wilden Venedig-Verfolgungsfahrten. James Bond hatte es gemacht, Belmondo, Johnny Depp und all die Namenlosen. Man konnte mittlerweile nirgendwo mehr eine anständige Verfolgung inszenieren, ohne als Hollywood-Abklatsch zu gelten. Doch die Wirklichkeit ist viel subtiler. Und überhaupt ist man Schweizer. Da operiert man meist im Versteckten, ausser vor wenigen Tagen, als Beat im Metropol in Zürichs Bankenviertel sass, sich einen Espresso genehmigte und dabei Zeuge einer wilden Verfolgungsjagd wurde, die direkt vor dem Restaurant endete. Ein Auto stoppte abrupt, dessen Fahrer stürzte aus dem Wagen und versuchte mit seinem iPhone, das Nummernschild des ihn verfolgenden Wagens zu fotografieren. Alles ging blitzschnell. Im Auto eine weinende Frau, daneben ein Kind, auch weinend. Der Fahrer des hinteren Autos, ein unübersehbarer Kraftbrocken – Typ Rausschmeisser –, rannte auf den Fotografierenden zu, fuchtelte mit seinen tätowierten Armen und versuchte, ihn auf diese Weise am Fotografieren zu hindern. Ein kurzes Handgemenge, die Frau öffnete die Autoscheibe und begann zu schreien. Chaos bei den Gnomen. Früher gab es dies nur an der Langstrasse, dachte Dr. Beat, griff nach seinem iPhone und alarmierte die Polizei. Bevor diese beim Metropol auftauchte, um die Personalien der Streitenden aufzunehmen, hatte er längst seinen Espresso bezahlt, das Lokal verlassen und sich wieder in sein Büro begeben, das sich in unmittelbarer Nähe befand. Nur keinen unnötigen Ärger. Und überhaupt: Die Kulturgeschichte der Verfolgungsjagd ist noch ungeschrieben. Wenige Tage später las er in der «NZZ», dass er mit seinem Anruf den Schweizer Bankenplatz in eine veritable Krise gestürzt habe.

Beats Boot durchquert einen kleinen Kanal. Urplötzlich taucht ein Schatten über ihm auf, Beat duckt sich instinktiv. Beinahe hätte ihm eine der vierhundert Brücken den Kopf abrasiert. Der Fahrer scheint davon nichts bemerkt zu haben.

3.

Kurz vor 21 Uhr erreicht Venzinis Boot endlich den Markusplatz. «San Marco» prangt unübersehbar auf dem Schild, sicherheitshalber für alle, die sich doch nicht ganz sicher sind, ob sie sich vielleicht in Las Vegas oder einem chinesischen Freizeitpark befinden. Venzini schaut auf seine Swatch. Swatch-Uhren wirken am seriösesten, sobald sie als Swatch-Uhren erkennbar sind. Eine Venzini-Erkenntnis. Ein Freund aus Zürich hatte ihm eine Venedig-Swatch geschenkt, blau-weiss-rot leuchtend, in den Stadtfarben. Eigens produziert für die Biennale. Ein Plastikding, das nicht verleugnet, aus Plastik zu sein. Aber trendy. Und elegant. Mein Glücksbringer, denkt Venzini. Klar hätte er lieber seine Omega Moonwatch angezogen, die erste Uhr auf dem Mond. Der einzige Ort, an dem Augusto noch nie gewesen war. Doch deren Verlust hätte Augusto nicht ertragen. Mittlerweile hat der Fahrer die Geschwindigkeit gedrosselt und zielt eine schwach beleuchtete Anlegestelle an, die im Abendlicht kaum zu sehen ist. Ein kleiner Ruck, dann stoppt das Boot.

Der Fahrer steigt aus, zieht das Wassertaxi an den Steg und wartet, bis Venzini das schwankende Gefährt verlassen hat. Helfend streckt er seine Hand aus, die Venzini nicht annimmt. Was nichts am Preis ändert, zweihundert Euro. Luxus kostet. Vor allem als Einzelfahrt im Wassertaxi. Und dies noch in Venedig. Der einzige Vorteil: Keiner singt «O sole mio». Wie hasst Venzini all diese Volkslieder, vor allem, wenn sie aus Neapel stammen. Widerwillig zieht er das Geld aus seinem Jackett. Doch er hatte die

Fähigkeit entwickelt, seinen Unwillen durch Lässigkeit zu kaschieren. Alles eine Frage des Auftritts. Der Bootsfahrer steckt das Geld mit der gleichen gleichgültigen Lässigkeit ein, nickt ein Nicken, das als solches nicht erkennbar ist, bevor er das Boot von der Reling wegstösst und ins dunkle Wasser hinausfährt. Venzini nimmt seine braune Maxwell-Scott-Tasche, dreht sich nochmals um und wirft einen kontrollierenden Blick zum Canale Grande. Niemand scheint ihm gefolgt zu sein. Was er sieht, sind ausschliesslich Boote und Touristen. «Jetzt bin ich also in Venedig», redet er sich fast schon mantramässig ein, als könnte er sich die Realität erträglicher machen. Wie viel lieber wäre er jetzt in Zürich. Bei Juliana. Da nützt die ganze Autosuggestion nichts. Was will ein Starfotograf von einem Objekt, das nicht einmal mehr durch Adobe Photoshop zu optimieren ist? Venedig ist so fotoresistent, die Wirklichkeit nicht mehr zu toppen. Lässig schlendert er zum San Marco. Vor ihm der Dogenpalast, hinter ihm der Canale Grande, gegenüber – auf der anderen Seite des Kanals – das Hotel Belmond Cipriani. Inmitten dieser Schönheit fühlt man sich nur noch hässlich. Zum Glück hat es noch all die Tauben, denkt er, zumindest etwas Menschliches. Unzählige Abschrankungen deuten auf den Besuch des amerikanischen Präsidenten hin.

4.

Es war ein Ostersonntag vor vier Jahren, als Juliana Dr. Beat Pestalozzi verliess. Nicht dass Beat religiös gewesen wäre, aber den Umstand, dass sie ausgerechnet den Tag der Auferstehung für ihren abrupten Abgang wählte, befremdete ihn zusätzlich. Wäre es wenigstens Karfreitag gewesen oder Pfingsten. Am ehrlichsten aber direkt vor Weihnachten: Dann hätte man sich immerhin die Geschenke sparen können. Doch so viel Rücksichtnahme war von Juliana nicht zu erwarten. Zur Kunst einer Beziehung gehört auch, dass man deren Ende ökonomisch handhabt. Frauen sind in diesem Punkt im Vorteil. Was Beat aber übersah: In Russland sind Ostern der höchste Feiertag. Noch prächtiger als Weihnachten. Trotzdem traf ihn der Abgang völlig unvorbereitet. Es war ein Schlag in eine Magengrube ohne Abfederung. «I'm leaving now», stand auf einem Zettel, den er am Ostermorgen auf seinem Schreibtisch fand. Die Kleider und all die restlichen Utensilien holte zwei Tage später ein auf Zügeltermine spezialisiertes Unternehmen ab. Mit einem Lastwagen.

Den Grund, warum ihn Juliana wirklich verliess, kannte Beat lange nicht. Klar hatte er viel gearbeitet. Und vielleicht war es ein Fehler, die ganzen Nächte – wie schon über Ostern – in seiner Kanzlei an der Zürcher Bahnhofstrasse zu verbringen. Aber der russische Trust, für den er einen Vertrag ausarbeitete, konnte nicht warten. Doch damit wurde selbst Julianas Patriotismus überstrapaziert. Nicht einmal die Wohnung im neuerrichteten Jabee Tower im Norden Zürichs konnte sie besänftigen, obwohl es sich dabei – wie Beat mehrmals betonte – um das höchste Wohngebäude der ganzen Schweiz handelte. Als wollte er damit seine Potenz sichtbar machen. Doch jede schöne Aussicht vernebelt den Blick auf die Realität. Juliana war unglücklich. Beat aber war Wiederholungstäter:

Nachdem ihn seine erste Frau, die Münchnerin Gisela, vor vielen Jahren verlassen hatte, schwor er sich, sich ausschliesslich auf das Business zu konzentrieren. Fokussierung ist das Stichwort. Was den Vorteil hat, dass man dadurch amouröse Enttäuschungen ausschliesst. Einzige Ausnahme: Osteuropäerinnen. Diese seien nicht nur unkomplizierter und toleranter, sondern auch dankbarer. Obwohl politisch unkorrekt, nicht ganz falsch. Glaubte Beat. Dass ihn Juliana trotzdem verliess, war für ihn nur die berühmte Ausnahme, die die Regel bestätigt.

Beat hatte Juliana in einer Galerie, in der Nähe seiner Kanzlei, kennengelernt. Spezialgebiet: russische Pop-Art. Ehrlich gesagt, besuchte er die Galerie nur wegen ihr; sie war die Galeristin. Sie hatte ihn im Bindella, einem Edel-Italiener in der Nähe des Paradeplatzes, angesprochen, mit der Bitte, ihre erste Vernissage zu besuchen. Der Künstler, Maxim Ilinov, der Superstar aus Rostow am Don, sei persönlich anwesend. Direkt angeflogen aus der Tiefe des russischen Raums. Beat interessierte sich nicht für amerikanische oder gar russische Pop-Art, aber er fand Juliana bezaubernd. So bezaubernd, dass er sich plötzlich als Experte für Ilinov und russische Pop-Art fühlte. Juliana war jene Atombombe, die die Russen nie gezündet hatten.

Die Vernissage wurde zum Debakel: Ilinov war äusserst schlecht gelaunt, so dass es selbst der Galeristin, die einiges gewohnt war, peinlich war. Nicht einmal der bereitgestellte Wodka vermochte ihn zu beruhigen. Möglicherweise lag es an der Marke: Gorbatschow. Ilinov roch nach Alkohol. In diesem Punkt erfüllte er die Erwartungen des Publikums. Was für die Galeristin viel schlimmer war: Ilinov erweckte keineswegs den Anschein, dass er ein Bild verkaufen wolle. Obwohl diese, was sogar Beat registrierte, äusserst gefällig waren. Nicht ganz Warhol, aber doch passabel. Vor allem das Bild eines Fisches gefiel Beat. Eine Moderatorin der lokalen TV-Station, die eigens für den Abend engagiert worden war, interviewte Ilinov. Dabei entlockte sie ihm höchstens ein knappes «Yes» oder «No» auf ihre ausführlichen Fragen, so dass sie ihren Fragenkatalog bereits nach wenigen Minuten abgearbeitet hatte und sie sich aufs Improvisieren verlegen musste. Dabei wirkte sie keineswegs wie eine Expertin für russische Pop-Art. Auch schien sie nicht dem Beuteschema von Maxim Ilinov zu entsprechen. Irgendwann schmiss der Künstler das Headset hin, verbeugte sich kurz zum Publikum, nahm seinen Mantel und verschwand in der Regennacht von Zürich. Die Anwesenden schauten sich entgeistert an, die Moderatorin nahm schuldbewusst ihr eigenes Headset herunter und blickte verlegen auf den Boden. Juliana, die Galeristin, ging auf sie zu und legte tröstend einen Arm um sie. Sie weinte. Für Dr. Beat ein Ausbund von doppelter Dialektik, vor allem, weil die Tröstende trauriger war als die Getröstete. Mit dieser Geste eroberte Juliana das Herz von Beat. Und verkaufte gleichzeitig das einzige Bild des Abends, diesen russischen Fisch. An Beat. Dankbar schaute sie ihn an, und in diesem Moment glaubte er aus ihrem Gesicht die gesamte russische Seele zu lesen. Ilinov kehrte am nächsten Morgen wieder in die Galerie zurück. Ausgenüchtert. Er war sich keiner Schuld bewusst. Die letzte Erinnerung war der Tresen der Haifischbar, eines der letzten Stripteaselokale der Stadt, die sich auf der anderen Limmatseite befinden. Irgendwann habe er mit einer Polin angebändelt, erzählte er Juliana. Was angesichts der russisch-polnischen Freundschaft standesgemäss gewesen sei. Und eine Art Abbitte für den Hitler-Stalin-Pakt, obwohl dies bereits achtzig Jahre her sei. Viel mehr wisse er aber nicht mehr, ein grosses Loch klaffe in seinem Hirn. Juliana verzieh ihm, schliesslich hatte sie das teuerste Bild verkauft und ihren Traummann gewonnen. Vorerst.

Als die attraktive Galeristin und der diskrete Rechtsanwalt zusammenzogen, vermeldete es sogar Inside Paradeplatz, eine Internetseite, die täglich alle Indiskretionen des Schweizer Bankenplatzes auflistet. Gegenüber seinen Kollegen zeigte sich Beat über diese Publizität angewidert, innerlich freute er sich aber. Zu viel Diskretion ist nicht nur tödlich, sie macht auch einsam. Was will ein Mann mit einer schönen Frau, wenn es niemand weiss? Zur Erinnerung an ihre erste Begegnung liess sich Juliana oberhalb ihrer Brust ein Tattoo stechen: einen Fisch von Maxim Ilinov, dem Kosaken-Warhol. Dass ihn Juliana bereits zwei Jahre später verlassen würde, war damals für Beat noch undenkbar.

Den wahren Grund kannte er nicht, aber Juliana hatte im Vorfeld immer wieder Andeutungen gemacht. Ständig machte sie sich über Dr. Beats Biederkeit lustig. Sein wunder Punkt. Da nützte nicht einmal die Wohnung im 14. Stockwerk des Jabee Tower etwas. Sogar Lenin habe es nicht mehr in der Schweiz ausgehalten, schrie sie, fluchtartig habe er seine Wohnung an der Spiegelgasse 14 verlassen und musste, um seine berufliche Existenz zu retten, die Russische Revolution anzetteln. Nicht einmal die Vorliebe Beats für die Bücher von Jean Ziegler konnte sie nachvollziehen. Was aber nicht an deren Inhalt lag, sondern an der Tatsache, dass Ziegler Schweizer ist. Revolutionäre könnten keine Schweizer sein, sagte Juliana. Als er in einem Anfall von Mut den Namen von Wilhelm Tell erwähnte, ein schrilles Lachen. «Ein Feigling, nicht einmal Aug in Aug konnte er Gessler entgegentreten.»

Julianas Totschlagargument: «Du bist nicht nur Schweizer, du benimmst dich auch wie einer.»

Als wäre dies der Schlüssel für jede schlechte Beziehung, jenes toxische Gift, das jegliches Zusammenleben beeinträchtigt. Dr. Beat empfand ihre Aussage als versteckten Rassismus. Es stand im krassen Gegensatz zur Tatsache, dass sie eigentlich Schweizerin werden wollte. Doch selbst mit seiner Anwaltsrhetorik hatte Beat keine Chance, sie war ihm zu überlegen. Trotz allem liebte er sie. Nach solchen Diskussionen fast noch mehr. Als würde das Unerreichte Gefühle freisetzen, von denen man gar nicht weiss, dass sie existieren. Vor allem war sie wunderschön. Es bestätigte sich die Tatsache, dass sich trennende Paare am schönsten sind. Ein letztes Aufbäumen gegen das Unvermeidliche vielleicht, ein Wink der Natur, es nochmals zu wagen. Never give up! Als es dann wirklich passierte, war Beat tagelang gelähmt, zu keiner menschlichen Regung fähig. Er sperrte sich in seiner Wohnung im Jabee Tower ein und starrte apathisch auf das Telefon. Nur einmal versuchte er Juliana zu kontaktieren. Ohne Erfolg, sie hatte ihre Nummer – oder diejenige von Beat – gesperrt. Auch seine E-Mails und SMS blieben unbeantwortet. Sie war in einem unendlichen schwarzen Loch verschwunden.

Als das Telefon nach zwei Tagen trotzdem klingelte, weigerte er sich, ranzugehen. Nach fünf Minuten gab das Gegenüber auf. Nach drei weiteren Tagen schellte es wieder. Dann griff Beat zum Hörer. «Ja», flüsterte er leblos. Am anderen Ende Reisebuchverleger Manni M., ein uralter Bekannter aus Studienzeiten: «Beat, bist du es? Wir machen uns alle Sorgen um dich. Juliana ...» Manni verstummte, als würde ihm soeben bewusst, auf welch glitschigem Terrain er sich bewegte. «Juliana?», Beat hob seine Stimme, «was ist mit Juliana?» – «Juliana», Manni zögerte einen kurzen Moment, bevor er mit gnadenloser Brutalität die Wahrheit sezierte, «Juliana ist mit dem Fotografen Augusto Venzini zusammen. Ich habe die beiden gestern im Kaufleuten gesehen.» Wortlos legte Beat auf und sackte in sich zusammen. «Wenn es wenigstens ein anständiger Banker wäre.» Eine Erkenntnis aber hatte Beat aus dem ganzen Desaster gewonnen: Der Satz «Happy wife, happy life» kettet die Menschheit mehr zusammen als die Relativitätstheorie oder das kommunistische Manifest. Es ist jenes Axiom, das die Welt regiert. Nur realisiert man es erst, wenn alles vorbei ist.

5.

Kurz nach Mitternacht wacht Augusto auf. Abrupt wird
er aus diesem Albtraum gerissen, der ihn seit Tagen verfolgt. In Schockstarre liegt er auf dem Bett, unfähig, etwas
zu unternehmen. Vor sich immer noch dieses Flammen-
meer, das hinter der schwarzen Fassade einer romanischen
Kirche hervorzüngelte. Eine gewaltige Wolke aus Rauch
und Staub, die sich Venzini bedrohlich näherte, immer
schneller und gewaltiger, bis sie ihn allmählich einlullte.
Dann Totenstille. Hatte er geschrien? Höchstwahrscheinlich nicht.

Er weiss nur noch, wie er auf den Auslöser seiner Leica
drückte. Immer und immer wieder. Als wollte sich das
Unterbewusstsein mit der Realität versöhnen. Der 15.
April 2019 ist sein Schicksalstag, seine berufliche Wie-
derauferstehung – und dies kurz vor Ostern. In Paris, mit
Juliana. Zuvor eine Orgie der Gefühle: Er will in den Lou-
vre und an die Seine, sie an die Champs-Élysées und die
Rue de Rivoli.

Auf Shoppingtour.

Man einigte sich, ging direkt an die Champs-Élysées und
die Rue de Rivoli. Demokratie auf Russisch, dachte Augusto. Aber wer liebt, ergibt sich, ist verloren, machtlos.
Augusto wundert sich, wie viele Läden in Paris existieren,
die es in Zürich nicht gibt. Juliana wirkt glücklich, sie
strahlt. «Augusto, ya lyublyu tebya», flötet sie und zieht
ein Giorgio-Armani-T-Shirt über. Aus Kaschmir. Nicht
ganz aus Russland, aber zumindest in der Nähe. Venzi-

ni ist begeistert. Paris ist ein Fest; nicht für eine ganze Ewigkeit zwar, aber zumindest für ein Leben. Juliana gibt Augusto jene Leichtigkeit zurück, die er längst verloren glaubte. Eine Extrovertiertheit, die er in seine Bilder investierte. Augusto lacht und lacht immer wieder. Als wollte er damit sein inneres Venzini-Smile definitiv bekämpfen. Gegen 16 Uhr eine SMS, Absender unbekannt: «In zwei Stunden brennt Notre-Dame.» In solchen Momenten regt sich in Augusto ein untrügliches Gefühl für den richtigen Entscheid: Voodoo, chinesische Mafia, philippinische Menschenfresser. Dagegen ist sogar Julianas schmachtendster Blick machtlos. Augusto ist klar: Er muss zur Notre-Dame – und zwar subito.

Er packt seine Leica, winkt ein Taxi herbei, dann schnellster Weg zum Quai Montebello, in Sichtweite zur Kathedrale. Auf den Strassen nur wenig Verkehr, der Frühling hält Einzug.

Die Luft flimmert, überall Verliebte. Paris wird seinem Ruf gerecht. Am Quai angekommen, positioniert sich Augusto direkt am Seine-Ufer und beobachtet die Schiffe mit winkenden Touristen, die an ihm vorbeiziehen – einmal flussaufwärts, das andere Mal flussabwärts. Die Notre-Dame wie immer, ein steinerner Koloss, eine feste Burg für die Ewigkeit.

Auf der Dachkrone erkennt er Bauarbeiter bei Renovationsarbeiten. Lediglich mit einem runden Plastikhelm geschützt, balancieren sie über die enge Brüstung, als möchten sie damit das Schicksal herausfordern. Er verharrt ein, zwei Stunden auf einer Sitzbank, nichts passiert. Augusto stellt sich schlafend, dann ändert er die Sitzposition, nimmt ein zerschlissenes Taschenbuch hervor und beginnt darin zu lesen. Zur Tarnung. Der Titel: Françoise Sagan, «Bonjour tristesse». Klar wäre «Der Glöckner von Notre-Dame» passender. Doch zu viele Klischees machen verdächtig. «Nur nicht unnötig auffallen», wiederholt Augusto. Er weiss, dass schon bald etwas passieren wird. Trotz des einlullenden Frühlingswetters, dieser lasziven Permanent-Verliebtheit in der Luft.

Paris je t'aime, oui! d'amour!
Paris je t'aime, je t'aime, je t'aime je t'aime mais voyons!
puisque j'te dis que je t'aime, allons!

Juliana ruft mehrmals an, doch er drückt sie immer wieder weg, nun befindet er sich im Kriegsmodus. Nur keine Endlosdiskussionen über ein verpasstes Osterwochenende. Alles ist wiederholbar, ausser der Tod und das Momentum, jener unwiderrufbare Moment, der Lebensläufe befeuern oder zerstören kann. Für Augusto ist klar: Ein Unglück bahnt sich an, direkt vor seiner Nase. Die Ausgangslage fast schon zwingend: Warum sollte er eine SMS erhalten, wenn nichts passiert? Gäbe es einen Brand, er wäre nicht nur der Erste, er stünde auch an vorderster Front. Seine Bilder viel näher, viel eindrücklicher als diejenigen der Konkurrenz. Augusto schnauft durch. Die Zeit dehnt sich. Kurz vor sieben verspürt er in sich eine leichte Unruhe, sein Herz schlägt höher, auf der Stirn bilden sich Schweisstropfen. Er nimmt seine Leica hervor. Unvermittelt stehen zwei Flics vor ihm, zücken ihre Ausweise, wollen ihn kontrollieren. Doch Venzini geht einen

Schritt zurück, wendet sich und sprintet über die kleine Brücke, die direkt zur Île de la Cité, inmitten der Seine, führt. Zu seiner Erleichterung verfolgen sie ihn nicht. Nur keine falschen Verdachtsmomente erzeugen. Er blickt auf: Vor ihm erhebt sich die pompöse Kirchenfassade wie eine menschengemachte Eigernordwand. Nur er und sie, face-à-face. Vielleicht hätte er sich schon früher hier platzieren müssen, doch höchstwahrscheinlich wäre er unnötig aufgefallen. Alles ist ruhig, nur ein Liebespaar schlendert kichernd über den grossen Platz vor der Kirche. Gegen wahre Liebe hat das Universum keine Chance, vor allem nicht an einem Frühlingstag in Paris. Unverhofft wird die Idylle gestört. Augusto beobachtet, wie kleine Flammen, die immer grösser und gefrässiger werden, aus dem Dachstock züngeln. Rauch lullt die oberste Zinne ein. Augusto zückt seine Kamera, drückt ab, ein, zwei, hundert Mal. Wie ein Akrobat verrenkt und dreht er sich, fokussiert die ganze Welt auf seinen Sucher. Reduce to the max!

Kurz danach ein riesiges Tohuwabohu: Der Boden vibriert, kreischende Touristen drängen aus der Kathedrale, fluchtartig. Tränen, Schreie überall. Venzini prescht nach vorne, die Leica im Hüftanschlag, niemand kann ihn stoppen. Hinein in die Apokalypse, den Untergang des Abendlandes vor seinen Augen. Plötzlich ein lauter Knall, Augusto blickt nach oben. Direkt über ihm stürzt der Mittelturm im Zeitlupentempo in sich zusammen, als wollte er sich damit gegen das Unvermeidliche stemmen. Alles voller Brandpartikel, die Augen brennen, die Luft flirrt. Steine prasseln von allen Seiten nieder. Augusto duckt sich, zieht die Schultern ein. Neben ihm bricht ein Feuerwehrmann, von einem Gegenstand getroffen, laut schreiend zusammen. Verdun und Waterloo potenziert. Inmitten des Weltenbrandes hält Augusto einen Moment inne und denkt an das Credo seines Vorbilds Robert Capa, wonach die Wahrheit immer noch das beste Bild sei. Vor der Hauptfassade – in sicherem Abstand – haben sich Hunderte von Menschen angesammelt. Weinend, schockiert. Sie singen «Ave Maria». Augusto, der alte Klosterschüler, hätte Lust, mitzumachen, doch er muss weiterfotografieren, pausenlos, von niemandem behelligt, als wäre er Gottes Dokumentarist. «Nicht aufgeben», sagt er sich, «nicht jetzt.» Sein Gesicht voller Russ, der Fokus seiner Leica erlaubt den direkten Blick in die Hölle. Oder zumindest in deren Vorraum.

Das Resultat zwölf Stunden später: Augusto, frisch geduscht und rasiert, mit Juliana im Fouquet's an den Champs-Élysées. Sein Rasierwasser standesgemäss: Sauvage von Dior. Dessen herber Duft übertünchte kurzzeitig den Brandgeruch, der aus seinen Poren drückte. Auf dem Esstisch ein Stapel aktueller Zeitungen. Ein knapper Blick genügte: Keiner stellte die Katastrophe eindrücklicher dar als Augusto Venzini. Keine aufgeblasenen Aufnahmen aus kilometerweiter Entfernung, dafür authentische Zeitdokumente der Brandruine. Die Ästhetik des Hässlichen. Die Bilder erschienen auf der ganzen Welt: «Paris Match», «New York Times», in China, Südamerika. Fotografische Ikonen, Venzinis Comeback als Weltfotograf. Stolz küsste Juliana ihren Helden. Der direkte Weg in die Unsterblichkeit.

Schon einen Monat später ist er wieder in Paris. Diesmal in offizieller Mission, Monsieur le Président de la République empfängt ihn im Élysée-Palast. Zum Dank. Alles pompös, ein siebter Himmel. Die Räume gross, die Wände golden. Liberté, égalité, fraternité. Nur Juliana schnieft mit der Nase: «Hier riecht es komisch.» Da nützt nicht einmal Sauvage von Dior etwas. Juliana trägt eine geschlossene Zegna-Jacke, damit ihr tätowierter Fisch unsichtbar bleibt. Augusto verspürt eine leichte Unsicherheit, ein flaues Gefühl im Magen, das sich langsam des ganzen Körpers bemächtigt. Dann geht es aber blitzschnell, direkt hinein in den grossen Festsaal, das Herzstück der Nation. Vor ihm nur noch Monsieur le Président de la République, viel kleiner als im Fernsehen. Dieser heftet Augusto sofort den Orden der Ehrenlegion ans Jackett. Als dürfte man keine Tausendstelsekunde verlieren, um Augusto endgültig in den Olymp der Helden zu bugsieren. Augusto verneigt sich, ernsthaft gerührt von all der Glorie, die auf ihn niederprasselt. Aber schon winkt ihn die Protokolldame zur Seite, damit der Präsident den nächsten Auserwählten, einen älteren Mann, der alle Johnny-Hallyday-Hits fehlerfrei rülpsen kann, auszeichnen kann. Dicht gefolgt von einer Bretonin, die Christi Dornenkrone aus der brennenden Notre-Dame rettete. Auch eine heroische Heldentat: Die Schürfungen und Verbrennungen an den Armen präsentiert sie wie Schmuckstücke. Pour la nation!

Le Président de la République hüstelt, bevor er auf seinen weissen Zettel blickt und zu einer kleinen Rede ansetzt. Augusto Venzini habe Frankreich in seiner schwersten Stunde ein Gesicht gegeben, sagt das Staatsoberhaupt.

Niemals sei die kollektive Trauer besser auf ein Bild gebannt worden. Nicht einmal am 11. September in den USA. Dann senkt er seinen Blick und schaut betreten auf den Boden. Vielleicht auch nur, um Julianas Präsenz abzufedern. Doch Monsieur le Président de la République, von der eigenen Betroffenheit besoffen, rafft sich wieder auf, kämpft sich durch einen Ozean voller Glorie. In seinen Augen eine Träne. Vive la France! Die Suche nach den Tätern gehe weiter, sagt der Präsident. Und spätestens in fünf Jahren werde das Gebäude wieder stehen. Venzini und die Dornenkronenfrau nicken schuldbewusst, die Fotografen knipsen. Im Visier haben sie vor allem Juliana, doch diese gähnt. Der Bretone rülpst stilgerecht «Je te promets» von Johnny Hallyday.

Beim anschliessenden Apéro ist der Präsident nicht mehr dabei. Eine knappe Entschuldigung, er müsse dringendst die deutsche Kanzlerin treffen. Zwecks europäischer Gesamtstrategie. Dafür kümmert sich der Staatssekretär intensiver um Juliana, starrt auf ihre Zegna-Jacke und lädt sie zu einem weiteren Glas Moët ein, was Juliana gerne annimmt. Die Dornenkronenretterin, die Julianas Ausscheren mit grossen Augen verfolgt, nützt die Lücke, zwängt sich zu Augusto vor und drückt ihren üppigen Bretonen-Busen an sein Jackett. Voller Stolz zieht sie den Ärmel ihrer Bluse zurück und zeigt ihm die Wunden an ihren Armen. Überall rote Flecken und verätzte Narben, fleischgewordene Ikonen sozusagen. Wie viel ansehnlicher Maxim Ilinovs Fisch-Tattoo oberhalb Julianas Brust, denkt Augusto. Man könne doch, so die Dornenkronenretterin, die Jesus-Reliquie im Louvre anschauen, wo sie seit dem Brand ausgestellt sei. Als Retterin, flötet sie, habe sie lebenslang freien Zugang. Und nachher könne man noch im kleineren Rahmen feiern. Am besten zu zweit. Vertraut zwinkert sie Augusto zu, in Frankreich sei auch ein alter weisser Mann vor allem eines: ein Mann. Augusto, geschmeichelt ob diesem erotischen Frontalangriff, schaut zu Juliana, die in diesem Moment ihr Champagnerglas absetzt und zu ihm herüberschaut. Augusto versteht, die Heimatfront hat Vorrang. «Völker, hört die Signale» hat im Klassenkampf zwar verloren, im Geschlechterkampf aber nicht. Vor allem, wenn Frau ruft. Augusto setzt sein Venzini-Smile auf, seine Allzweckwaffe, die der Dornenkronenretterin klarmachen soll, endlich abzutreten. Diese verzieht ihr Gesicht zu einem beleidigten Bardot-Schmollmund und dreht sich um, nicht ohne ihren Orden der Ehrenlegion hervorzudrücken. Als wollte sie Augusto bewusst machen, dass er sich in diesem Moment der wiederauferstandenen Jeanne d'Arc verweigert habe. Der rülpsende Bretone, der seinen Orden zwischenzeitlich stolz an seine Mammut-Regenjacke geheftet hat, nutzt die Lücke und drängt sich zu Augusto vor. «Und», fragt er mit lauernder Stimme, «wer hat jetzt die Notre-Dame angezündet? Die Araber, die Gelbwesten? Der IS?» – eine kleine Kunstpause – «Oder du?» Augusto schweigt einen kurzen Moment und greift zum Champagnerglas. Er spürt den Kloss in seiner Speiseröhre. Nur keine weiteren, unnötigen Fragen provozieren. Was weiss schon dieser ungehobelte Nordfranzose? Dieser ungepflegte Sch'ti, der trotz des präsidialen Ordens ungepflegt bleibt. Die SMS, die ihn vorinformiert hat, erwähnt Augusto selbstverständlich nicht. Mehr noch, er sagt überhaupt nichts. Stattdessen zuckt er ein bisschen ratlos und auch überfordert mit den Schultern, bis ihm alles zu viel wird. Er wendet sich vom Hallyday-rülpsenden Bauern ab, dreht sich zu Juliana, die soeben ihr fünftes Glas Champagner geleert hat. Langsam geht er auf sie zu und zieht sie vom mittlerweile betrunkenen Staatssekretär weg: «Allons-y?» Juliana nickt. Als sich das grosse Tor des Élysée-Palastes hinter ihnen schliesst und sie wieder auf der Rue du Faubourg Saint-Honoré stehen, legt Augusto seinen Arm um ihre Schultern: «Wollen wir in den Louvre oder auf den Eiffelturm?» Juliana lächelt: «Rue de Rivoli, mein kleiner Ehrenlegionär.» «Verstanden, mein kleiner Stalin», antwortet Augusto und greift instinktiv zu seiner goldenen Kreditkarte, die er in seine Hose gesteckt hatte. Juliana freut sich über das Kompliment.

Allmählich realisiert Augusto, dass er nicht mehr in Paris ist, sondern in einer kleinen Dachkammer eines venezianischen Dreisternhotels liegt. Es ist stockdunkel, das Bett viel zu klein. Zudem vermisst er weibliche Nähe. Aber zumindest hat es keinen Staub und Rauch wie damals vor der Notre-Dame. Zu gerne hätte er Juliana gesimst, unterlässt es aber; sicherheitshalber.

Nur langsam löst er sich aus seinem Traum.

Wie lange war dies her? Zwei, drei oder vier Stunden? Oder gar eine Ewigkeit? Seine Venedig-Swatch zeigt mit ihren rot-weissen Zeigern drei nach vier.

Plötzlich erinnert er sich wieder, wie er mit seiner Maxwell-Scott-Tasche über den nächtlichen San Marco streifte, auf der Suche nach seinem Hotel. Überall Polizia in Erwartung des amerikanischen Staatsgastes. Es schien, als würde sich die ganze Welt ausschliesslich auf diesen Moment konzentrieren. Grimmig musterten sie Augusto, als stünde ein arabischer Terrorist vor ihnen. Aber vielleicht täuschte er sich. Jedenfalls war er froh, als er kurz danach die Oper erreichte, in dessen Sichtweite das Hotel La Fenice lag. «Immerhin zentral gewählt», attestierte Venzini. Auf dem kleinen Platz waren Tische mit essenden und trinkenden Menschen, die sich mit lustigen Geschichten zu übertreffen versuchten, ein Kellner knipste Kerzen an. Italianità als Spätprogramm. Ein bisschen gar aufgesetzt, dachte Augusto, vermutlich Touristen. Italiener sind diskreter, vor allem in Venedig. Er zwängte sich an der fröhlichen Runde vorbei, direkt zur Hotellobby. Die Rezeption war trotz der späten Stunde immer noch besetzt, Signor Venzini wurde bereits erwartet, drei Nächte waren vorbezahlt. Von wem, beschwörte die Concierge, wisse sie nicht. Hauptsache, das Geld sei da. Ein gurrendes Lachen. Dann überreichte sie Augusto einen schweren Schlüssel, wünschte gute Nacht, das Zimmer liege im obersten Stock. Erreichbar auch über die enge Treppe. Schweizer bevorzugten immer Treppen, zwinkerte sie Augusto zu, doch er winkte ab. Neben der Lifttüre ein Bild von Al Bano, jenem zeitlosen Gesangsmonument mit markanter Brille. Für einmal ohne Romina Power; Felicità.

Als Augusto die Türe des engen Zimmers aufstiess, trat er sicherheitshalber einen Schritt zurück. Nur nicht in eine Falle tappen, dachte er, doch niemand schien da zu sein. Mit geübtem Fotografenblick fixierte er alle Ecken, kontrollierte den Boden. Keine verdächtigen Gegenstände zu sehen. Das war beruhigend. Erschöpft legte er sich auf das harte Bett, unfähig, die Kleider auszuziehen. Sofort verfiel er in Tiefschlaf.

Und jetzt dieser verdammte Albtraum. Diese brennende Kirche – immer und immer wieder. Endlos-Halluzinationen. Glücklicherweise ist er im Hotel La Fenice und nicht im Hotel California. Sein schriftstellender Freund Claude hatte ein solches Delirium beschrieben. Wenn es wenigstens eine Frau wäre. Das Venzini-Allzweckmittel in schwierigen Momenten, tausendfach erprobt. Doch in diesen Zeiten sind sogar die Träume politisch korrekt. Venzini streckt die Hand aus, ertastet im Dunkeln seine Maxwell-Scott-Tasche und seine Kamera. Zumindest das gibt Sicherheit. Vom Fenster glaubt er das Klatschen von Regentropfen zu hören. Vielleicht ist es auch nur eine Beifallsorgie aus der nahen Oper. Venzini schliesst erneut die Augen, versucht einen meditativen Gleichklang zu finden, der nur noch aus seinem Ruhepuls besteht. Just fällt er in einen traumlosen Tiefschlaf. Er vergisst sogar, seine Zähne zu putzen, was überhaupt nicht seiner Art entspricht. Die Swissdent-Zahnpasta bleibt unbenutzt im Necessaire. Das Piepsen seines Iphones überhört er, eine weitere SMS: «Benvenuto a Venezia! Bleiben Sie morgen in der Nähe des Hotels. Wir sehen uns übermorgen. Versuchen Sie nicht zu flüchten. Sie haben keine Chance. Stichwort: Notre-Dame.» Der Absender unbekannt. Es hat aufgehört zu regnen.

6.

Dr. Beat schlürft einen Espresso. Mit einer Inbrunst, wie man es eigentlich von Italienern erwartet. Was eine Täuschung ist, Italiener schlürfen ihren Espresso emotionslos. Als müssten sie sich niemandem beweisen. Pestalozzi wäre gerne Italiener. Kaum in Italien, schwärmt er von der Italianità, freut sich über jeden verspäteten Zug und jeden defekten Fahrstuhl. Ein Beweis für überquellende Lebensfreude, ein Signal, dass es im Leben auch noch anderes als Geld und Karriere gäbe. Doch wehe, die Verspätung dauert länger als eine Stunde, dann mutiert er wieder zum Schweizer. Die Quelle dieser geheimen Italo-Sehnsucht hiess Co, eine Studienfreundin. Eine unerfüllte Liebe, die Italiener bevorzugte: Marco, Alberto, Roberto, Paolo. Mit einem klaren, hellen O. War das O aber weg, erlosch auch die Liebe: Wer möchte schon einen Marc, Albert, Robert oder Paul? Beat nannte sich ihr gegenüber Beato. Der letzte Ast, an den er sich klammerte. Doch Co erhörte ihn nicht: Beato tönte für Co, die Schönste der Schönen, zu schwul, was dieser als plumpe Ausrede ansah. Kurz danach schwand ihr Interesse an der herben Männlichkeit: Sie wurde Malerin und vor allem Buddhistin. Vollkommen nach innen gekehrt, was Dr. Beat als Verlust für das starke Geschlecht empfand und ihn zwang, sein Rechtsstudium mit summa cum laude zu beenden.

Der nächtliche Regen war reinigend. Dr. Beat sitzt auf der Terrasse des Belmond Cipriani, dem besten Platz der Insel, und blickt über den Giudecca-Kanal zur Piazzetta San Marco. Die Farben klirren, vertraute Leichtigkeit liegt über der Lagune. Noch sind wenige Boote unterwegs, nicht einmal ein Kreuzfahrtschiff voller Chinesen ist zu sehen.

Beat blättert durch die «Repubblica». Trotz Digitalisierung hält er an der gedruckten Zeitung fest. Als Akt des Widerstandes. In Zürich wagt er sich jeden Samstagmorgen ins Café Plüsch, eines jener Strassencafés in Wiedikon, in denen man keinen Dr. Beat vermuten würde, und liest die «NZZ» oder den «Tagi». Manchmal nimmt er seine beiden Lieblingszeitschriften, «Weltwoche» und «Du», von zu Hause mit, da diese nicht auf der Plüsch-Linie liegen. Doch es zeichnet das Lokal aus, dass es auch dank denen existiert, die man dort nicht erwarten würde. Dafür im Hintergrund leichter DJ-Chewie-Sound. Eigentlich nichts für Beats Ohren, er bevorzugt Klassik. Oder die Morgensendungen von Marc Jäggi, dem einzigen Radiostar in der Stadt, der seine Hörer mit Berner Dialekt weckt. Als Zürcher verspürt Beat dabei ein permanentes Überlegenheitsgefühl, was trügerisch ist. Klar hat Zürich die Banken und das ganz Grosse, in Bern leben aber die Beamten. Sollte die Schweiz wirklich einmal untergehen, überleben aber diese. In der «Repubblica» dominiert ein Thema: der morgige Besuch des amerikanischen Präsidenten und seiner Gemahlin, eines ehemaligen Fotomodells aus Osteuropa. Als wüsste man nicht schon alles über die angekündigte Reise. Der Präsident, der zum ersten Mal nach Venedig kommt, hat seine Ankunft bereits auf Twitter angetönt: «I like Venice. And I like the boat people of Venice.»

Beat schmunzelt. Möglicherweise verwechselt er es mit der Venedig-Attrappe in Las Vegas, wo der Präsident ein eigenes Hotel besitzt. Trotzdem mag Beat diese Tweets, was er aber niemandem sagen würde, diesen Ausbund von Unflätigkeit und Respektlosigkeit. Wie gerne wäre er auch einmal so emotional. Deswegen mag er auch die Italiener. Dr. Beat gehört zu jenen Menschen, die ihre Biederkeit durch Biederkeit zu kaschieren versuchen. In der Hoffnung, dass das Gegenüber glaubt, dass so viel Biederkeit nur Tarnung sein könne und sich dahinter eine spannende Persönlichkeit verstecken müsse. Wobei Dr. Beat feststellen musste, dass bislang niemand so weit dachte.

Trotzdem ist er überhaupt nicht unzufrieden, er hat auch keinen Grund dazu.

Mit Befriedigung hatte Beat registriert, dass alles nach Plan verlief: Venzini war wohlbehalten im Fenice angekommen, der «Starfotograf» hatte nicht einmal bemerkt, dass er verfolgt wurde. Zu fest hatte ihn seine Eitelkeit in Beschlag genommen. Was Beat wenig überraschte, er hätte auch nichts anderes erwartet. Obwohl der Schein das Bewusstsein prägt, lässt sich dieses selten vom Sein täuschen. Da konnte Venzini noch lange Pirouetten auf dem Bootssteg drehen und die wohl gefakte Maxwell-Scott-Tasche leger über die Schulter hängen, die Regie hatte er längst aus der Hand gegeben.

Augusto ist das Ideal-Opfer, keine unnötigen Kapriolen des Widerstands. Sondern auf dem schnellsten Weg ins Hotel, wie angeordnet. Vielleicht war er einfach froh, Juliana für ein paar Tage – oder sogar für immer – entweichen zu können.

Zudem hatte Beat ausnehmend gut geschlafen, für einmal ohne wilde Träume. Nicht einmal weibliche Nähe hatte er vermisst. Seit Julianas Abgang wusste er nicht mehr, was das ist. Doch der Phantomschmerz war nicht totzukriegen.

Beat verwischt alle negativen Gefühle, es wird ein wunderbarer Tag werden. Luigi, der italienische Kellner, durchquert den Frühstücksraum und pfeift eine bekannte Melodie aus einem anderen Jahrtausend.

Gloria sui tuoi fianchi la mattina nasce il sole
Entra odio ed esce amore dal nome Gloria

«Alles gut, Dottore?»
«Alles wunderbar, Signor Luigi!»
«Es wird ein schöner Tag, Dottore.»
«Ja, Signor Luigi.»

Beat und Luigi kennen sich schon lange, Beat verbrachte viele seiner Urlaube im Belmond Cipriani. Zuerst mit seiner Exfrau Gisela, später mit Juliana. Obwohl beide gegangen sind, beweisen das Belmond Cipriani, Venedig und Luigi Standfestigkeit.

Für Dr. Beat das beste Hotel der Welt. Vor Jahren hatte er einen Roman mit dem sonderbaren Titel «Eden Roc» gelesen, in dem der Autor behauptete, das allerbeste Haus der Welt befinde sich in Cap d'Antibes. Nach der Lektüre war Beat sofort an die Côte d'Azur gefahren und hatte eine Nacht im Eden Roc verbracht. Es war enttäuschend, nicht einmal mit Kreditkarte konnte man zahlen. Was Beat in allergrösste Schwierigkeiten brachte, da ihn der Rezeptionist für einen Hochstapler hielt; als gehörte es zum globalen Allgemeinwissen, dass man im Eden Roc auf Cash setzte. Als zufällig noch der bekannte Boulevardreporter Marcel du Chèvre Zeuge dieser Szene wurde, verlor Beat vollends die Fassung. Was ist das für ein Haus, in dem solche Journalisten freien Zugang haben? Und ausgerechnet Marcel, mit dem er vor Jahren einen Strauss ausfocht? Das menschliche Leben, erkannte Beat in jenem Moment, ist eine Aneinanderreihung von sinnlosen Schlachten. Und ganz am Ende liegen beide k. o. am Boden. So einfach, so banal. Doch auch das Ocean Drive auf Ibiza kann nicht mit dem Belmond Cipriani mithalten. Höchstens im Preis. Direkt am Puerto Deportivo Marina Botafoch gelegen, vermittelt es permanentes Miami-Feeling. Aber nur für ganz Bedürfnislose! Jeweils um drei Uhr morgens legen die grossen Kähne aus Valencia am Hafen an und entleeren diese. Die Erde bebt, als würde die Invasion der Normandie nachgespielt. Pausenlos donnern Lastwagen über die schmale Strasse, die direkt vor dem Hotel vorbeiführt. Ein veritabler Flop, eine balearische Folterlektion! Trotzdem hatte Beat anschliessend gegenüber dem Belmond Cipriani und Luigi ein schlechtes Gewissen. So wie beim ersten Mal Fremdgehen – oder noch krasser. Damals schwor er sich, all seine künftigen Fünfsternaufenthalte ausschliesslich hier zu verbringen. Ganz oben ist die Luft am dünnsten, so die Begründung. Mehr als Luxus geht nicht. Dass Clooney seine Hochzeit nicht im Belmond Cipriani verbrachte, sprach nicht gegen das Hotel. Dass Hemingway das Gritti Palace am Canale Grande bevorzugte, war das Resultat der beiden Flugzeugabstürze, die er kurz zuvor in der afrikanischen Savanne erlitten hatte. Sagt Luigi. Zudem sei es weit zurück. Doch der amerikanische Präsident und dessen Frau würden übermorgen zu einem Empfang unter der goldenen Kuppel des Restaurants Oro erwartet.

Die Nächte verbrächten sie hingegen auf einem amerikanischen Kriegsschiff, das in der Lagune stationiert sei. Aus Sicherheitsgründen. Ganz scheint man den Italienern doch nicht zu trauen. Dass der Präsident die Suite im Gritti Palace, direkt am Canale Grande, gemietet hatte, ignoriert Luigi.

Beat schluckt eine Amlodipin-Tablette gegen den hohen Blutdruck, die einzige Unebenheit in seinem Leben. Wenn nur diese verdammten Nebenwirkungen nicht wären. Der Reizhusten bewies ihm, wie schnell man die Kontrolle verlieren konnte.

Hinter Beat haben zwei Amerikaner mit dunklen Sonnenbrillen Platz genommen. Warum müssen Geheimdienstleute immer wie Geheimdienstleute aussehen?, denkt Beat.

Er spürt, wie ihn die beiden durch die Gläser beobachten. Trotz der Sonnenstrahlen friert er. Urplötzlich steht der Kleinere auf und nähert sich Beat. Doch dieser tut so, als würde er es nicht bemerken. Als wäre ein Ereignis, das man ignoriert, inexistent. Beat lächelt und schaut über die «Repubblica» hinaus zum San Marco. In diesem Moment zwängt sich ein überdimensioniertes Kreuzfahrtschiff in sein Blickfeld und verdeckt die Aussicht auf das gegenüberliegende Ufer. Dr. Beat mag sich nicht aufregen, es wäre absurd, sich als Tourist über Touristen zu beklagen. Die doppelte Quadratur des Kreises. Der Amerikaner geht an Beat vorbei, ohne ihn weiter zu beachten, stützt sich am Geländer ab und schaut dem schwimmenden Monster nach. Für Beat der richtige Moment, um aufzustehen und in sein Zimmer zurückzukehren. Als er am zweiten Amerikaner vorbeiläuft, nickt er diesem zu, was dieser, ohne aber die Sonnenbrille abzulegen, mit einem Gegennicken honoriert.

7.

Augusto irrt nun schon eine Stunde durch die engen Gassen. Irgendwann wurde es ihm im Fenice zu eng und die nächtliche SMS-Drohung zu viel: «Benvenuto a Venezia! Bleiben Sie morgen in der Nähe des Hotels. Wir sehen uns übermorgen. Versuchen Sie nicht zu flüchten. Sie haben keine Chance. Stichwort: Notre-Dame.» Er muss den Text immer wieder lesen. Der Absender war anonym, wie bei all den anderen Mitteilungen zuvor. Doch der Inhalt seltsam vertraut.

Augusto schaut auf seine Uhr: Kurz vor elf. Zurückfliegen oder nicht? Das Ganze hinter sich lassen? Vielleicht bringt Venedig wirklich kein Glück. Und dann immer wieder die nächtlichen Albträume mit der einstürzenden Kathedrale. Doch Augusto weiss: Flucht ist keine Lösung, deine Häscher sind überall. Nur nicht paranoid werden, nicht wie ein Reh wehrlos im Lichtkegel eines heranfahrenden Autos verharren. Seinen Feinden so ins Auge blicken wie damals den philippinischen Menschenfressern. Robert Capa kannte auch keine Angst, er war der Gefahr niemals ausgewichen. «Die Wahrheit ist das beste Bild.»

Eigentlich ein wunderbarer Morgen. Kaum hat Augusto den San Marco hinter sich gelassen, kommt er in eine andere Welt. Ohne dreissig Millionen Touristen, nur Stille, die gelegentlich vom gleichmässigen Schlagen einer vorbeiziehenden Gondel unterbrochen wird, gefolgt vom Plätschern des Wassers. Hier deutet nichts auf den Besuch des amerikanischen Präsidenten hin. Das morgendliche Venedig hat etwas Fragiles, etwas Meditatives, eine Stimmung, die ausschliesslich davon lebt, dass sie nicht ewig anhält. «Aufwärts beschleunigen», hatte er irgendwo gelesen. Für einen kurzen Moment fühlt sich Augusto nicht mehr wie ein Gefangener in einem monumentalen Gefängnis ohne Gitterstäbe, nicht mehr wie ein Ertrinkender in einer goldenen Badewanne. Die Illusion erzeugt die stärkste Wahrnehmung.

Nun direkt zu Bartolomeo Colleoni, jener überdimensionierten Reiterstatue auf dem Campo Santi Giovanni e Paolo, einer kleinen Oase inmitten eines Gewirrs von Kanälen, Brücken, Plätzen und Gassen. Sommer 1976, ein heisser Sommer. Familie Venzini in Venedig. Der Vater, ganz stolz, seiner Frau – einer gebürtigen Innerschweizerin – und seinem Sohn Augusto seine italienischen Wurzeln präsentieren zu können. Die Familie durchstreifte die Stadt, überall Touristen. Augusto maulte, er hatte heiss.

Auf dem Campo Santi Giovanni e Paolo stellte sich der Vater vor das Denkmal des Kriegshelden: «So musst du werden, Augusto. Unbesiegbar und stark. Und immer vorwärts gewandt wie Colleoni, ein Sohn der Stadt.» Dies wirkte. Augusto nahm seinen Kinderfotoapparat, den er zu Ostern geschenkt bekommen hatte, und drückte ab. Sein erstes Bild. Als es Wochen später vom Kodak-Entwicklungsdienst zurückkam, leichte Enttäuschung: Das Foto war überbelichtet und leicht verwackelt. Aber unverkennbar zu sehen: Vater Venzini und Bartolomeo Colleoni, ein Monument praller Männlichkeit. So wie Vater Venzini gerne gewesen wäre. Seither ist Colleoni Augustos Alter Ego, sein bronzener Freund. Der Anti-Venzini, mit herrischem Blick und angewinkeltem Arm, ohne den Ansatz eines Smiles. Und dies seit fünfhundert Jahren.

Testamentarisch habe Bartolomeo Colleoni verfügt, dass seine Statue auf dem San Marco aufgestellt werde, weiss der Vater, doch dies sei den stolzen Venezianern zu viel gewesen. Zudem war Colleoni tot, es war nichts mehr zu befürchten. «Er hatte es immerhin versucht», sagte der kleine Augusto vorwitzig und dürstete nach einem Gelato. Die Innerschweizer Mutter, die die venezianische Hitze nicht gewohnt war, steuerte die nahegelegene Snack-Bar Colleoni an, die im Schatten lag. Alle folgten. Innerhalb der Familie war sie Colleoni. Seitdem kein Venedig-Besuch ohne den bronzenen Kommandanten.

Je näher man dem Campo Santi Giovanni e Paolo kommt, desto enger die Gassen. Für Augusto befreiend. Die Strecke ist ihm vertraut, die jahrhundertealten Häuser mit ihrer Patina sind eine permanente Liebesbejahung.

Sogar der Moderduft der Kanäle wirkt vertrauensselig. Trotzdem, der lebende Colleoni hatte recht: San Marco hätte ihm zu anderer Prominenz verholfen. Doch der Neid und auch das Risiko, irgendwann geschleift zu werden, wären viel grösser gewesen. Selbst Denkmäler sind menschlichen Regungen ausgesetzt. Am Campo Santi Giovanni e Paolo hingegen, ausserhalb der Touristenströme, hat er fünf Jahrhunderte, die Österreicher, die Faschisten, die Türken, die Seeräuber und selbst die Horden von Chinesen, die täglich die Lagune überfluten, überlebt. Und bald schon den amerikanischen Präsidenten und die ganze MeToo-Bewegung.

Es war wohl über zehn Jahre her, dass Augusto zum letzten Mal hier war. Zu nächtlicher Stunde. Mit einem osteuropäischen Fotomodell, deren Namen er längst vergessen hatte, was nur Dementen und Playboys passiert. Bellini-geschwängert, hatte er ihr kurz vor Mitternacht in der Maciao-Bar vorgeschlagen, das Colleoni-Denkmal aufzusuchen. Zu seiner Überraschung sagte sie Ja. Liebesbesoffen schleppte man sich durch das nächtliche Venedig, dunklen Gassen entlang, über kleine Brücken, bis man endlich am menschenleeren Campo Santi Giovanni e Paolo ankam. Augusto war glücklich, dass er den Weg durch das Labyrinth gefunden hatte. Das gab Selbstsicherheit, machte männlich. Das Licht liebt Afrika, hatte er einmal in einem durchgeknallten Weltreisebuch gelesen, aber die Nacht begehrt Venedig. Beim Platz angekommen, löste sich die Schöne von Augusto und rannte los. Wenige Sekunden später erklomm sie – Augusto weiss nicht, wie – das übergrosse Denkmal und setzte sich dem reitenden Feldherrn auf den Rücken. Der endgültige Sieg der Frau über die pralle Männlichkeit! Lautstark zog sie ihr T-Shirt aus und schwenkte es wie eine Trophäe. Ihr nackter Oberkörper leuchtete im fahlen Laternenlicht. Augusto, überrumpelt von dieser Aktion, zog seine Leica hervor, drückte mehrmals ab. Jetzt nur nicht die Nerven verlieren, dachte er. Triumphierend schaute seine Begleitung zu ihm rüber und winkte. Wie eine Rodeoreiterin im Mittleren Westen. Urplötzlich aber, wie von einer inneren Angst gepackt, zog sie sich ihr T-Shirt über und verschwand im Dunkel. Das Nächste, was Augusto hörte, war ein tumber Knall, gefolgt von einem spitzen Schrei. Voller dunkler Vorahnung rannte er zum Denkmal, doch nichts zu sehen. Währenddessen hatte sich das Model bereits von der Statue entfernt, stark humpelnd und den linken Fuss nachziehend. Augusto versuchte sich bei ihr einzuhaken, doch sie wehrte ihn mit schmerzverzerrtem Gesicht ab und schleuderte ihren linken Arm nach oben. Sie weinte. Augusto, danebenstehend, war unfähig, etwas zu tun. Doch bereits schleppte sie sich über den Platz zur Snack-Bar Colleoni. Dort liess sie sich in einen der Stühle fallen, die nachts mit einer Sicherheitskette befestigt wurden. Behutsam zog sie den Saum ihrer blauen Hose hoch und legte das malträtierte Bein frei. Augusto, der sich ihr erneut genähert und sich auf den Nachbarstuhl gesetzt hatte, unternahm einen weiteren Hilfeversuch und streichelte die verletzte Stelle. Ganz langsam und behutsam, mit der Erfahrung eines Schweizer Sanitätssoldaten. Jetzt liess sie es zu, nichts schien gebrochen. Sie lachte sogar. Augusto schloss seine Augen, nahm die Hand vom Bein weg, streifte ihr Gesicht und küsste sie vorsichtig auf ihre Bellini-getränkten Lippen. Urplötzlich aber warf sie den Kopf nach hinten und begann erneut zu kichern. Im dahinterliegenden Haus öffnete sich ein Fenster, und eine Frauenstimme schrie über den Platz: «Silenzio!» Von der gegenüberliegenden Kirche Zanipolo schlug es drei Uhr morgens, Augusto setzte nochmals zu einem Kuss an. Jetzt gab es keinen Widerstand mehr.

Seither war eine Ewigkeit vergangen, das iPhone wurde erfunden, die benzinlosen Autos, der Bitcoin, nur der Campo Santi Giovanni e Paolo ist unverändert. Die Dominikanerkirche, der grosse Platz und der modernde Geruch des Wassers verströmen eine Gelassenheit, wie sie nur im Schutz eines unsterblichen Renaissance-Helden möglich ist. Der Ritt eines namenlosen Fotomodells war wohl das aussergewöhnlichste Ereignis der letzten Jahre. Abgesehen von einigen Feministinnen, die, wie Augusto später in einer Schweizer Zeitung las, mit einer Petition eine Frauenstatue auf dem Campo Santi Giovanni e Paolo forderten. Als Gegengewicht zum bronzenen Macho-Krieger. Doch die angekündigte Demo fiel aus, das Gros der Demonstrantinnen verirrte sich in den engen Gassen und kam gar nie auf dem Platz an. Auch diese Schlacht hatte der säbelschwingende Condottiere gewonnen. Regungslos starrt Venzini Colleoni an. Du hast es gut, denkt er. Kein Stress, keine Erwartungen, das ganze Theater hinter sich. Mittlerweile ist es Mittag. In der Snack-Bar sitzen ein paar alte Männer und trinken Bier. Wie schön ist Venedig ohne den ständigen Druck, Venedig sein zu müssen. Gäbe es einen Ort, an dem die Zeit stillstünde, dann hier. Eine Oase der Ruhe inmitten des Weltentsunamis. Hier kommt nicht einmal der amerikanische Präsident hin. Und sollten die Wassermassen Venedig einmal ganz verschlungen haben, der alte Colleoni ist immer noch hier, unentwegt straight forward. Langsam schlendert Venzini über den Platz, die Maxwell-Scott-Tasche lässig über die Schulter geworfen. Die eintreffende SMS überhört er, sie würde ihn unnötig erschrecken: «Venzini, verlassen Sie Venedig nicht. Wir wissen alles.»

Teil 2: Vergehen

1.

Der amerikanische Präsident ist schlecht gelaunt. Missmutig streift er der Fassade des Weissen Hauses entlang, läuft am Rosengarten vorbei, dann steuert er auf schnellstem Weg das Oval Office an. Die Europareise passt ihm gar nicht. Viel lieber würde er die nächsten Tage in Florida auf seinem eigenen Golfplatz in Mar-a-Lago verbringen. Warum ausgerechnet Europa? Und dann noch Venedig? Ist Europa nicht längst zu einem Museum geworden, unfähig, seine historische Rolle wahrzunehmen? Und ist Venedig nicht dasselbe innerhalb Europas? Ein Relikt aus einer Zeit, die längst vergangen ist und nie wieder zurückkehren wird. Klar, seine Vorfahren stammten aus Deutschland, seine erste und seine jetzige Frau aus Osteuropa. Nur bei der zweiten war er inkonsequent: Sie war aus Georgia. Trotzdem konnte er Berufliches und Privates trennen: Europa ist grauenhaft: Jedes Mal, wenn er den alten Kontinent erreicht, überfällt ihn ein Augenflimmern. Die deutsche Kanzlerin zeigte keine Rücktrittslust, in Italien weiss keiner, wer gerade regiert, und in Frankreich drängen Gelbwesten an die Futterkrippen. Diese würde er, der altgediente Immobilientycoon, höchstens auf dem Bau engagieren. Nur England, das gute England, war Hoffnung. Dessen lustiger Ministerpräsident war sein fleischgewordenes Spiegelbild. Als wäre er jener Quizshow entsprungen, die er früher moderierte: «Mein liebster Doppelgänger!» Wenn der Präsident in Rage kommt, rötet sich sein Kopf gefährlich. Fast noch mehr als Europa ärgert ihn momentan seine Frau, die sich im Ostteil des Weissen Hauses verschanzt hat. Sie habe Kopfweh, liess die First Lady heute Morgen über ihr Sekretariat verlauten. Das Codewort, dass sie den ganzen Tag nicht zu sprechen sei. Für niemanden, am wenigsten für ihn. Der Nachsatz war aber entscheidend: Für die Reise nach Venedig sei sie bereit. Der Heimat von Gucci. Zum Glück, denkt der Präsident, hat er noch seine Tochter, die weitaus loyaler ist, sein weibliches Alter Ego. Der Präsident schnieft verächtlich, verspürt Lust, einen Tweet abzusetzen, um der Welt mitzuteilen, dass er noch lebt.

Mittlerweile ist er im Oval Office angekommen, der hölzerne Schreibtisch sauber aufgeräumt. Nur eine Dokumentenmappe starrt ihn erwartungsvoll an. Der Präsident nimmt sie, blättert die bereitgelegten Dossiers lustlos durch. Die üblichen Stichworte: Nordkorea, China, Iran. Als Erstes sticht ihm ein Reiseführer über Venedig ins Auge. Als wollte man ihm sagen, was Venedig sei. Lustlos überfliegt er die ersten Seiten, bleibt kurz bei einem Bild der Piazzetta San Marco und der Statue eines reitenden Kriegers hängen, beide mit gelbem Stabilo markiert. Immerhin ein echter Mann, denkt der Präsident, kein Sleepy Joe. Was ihn aber beeindruckt, ist die Standfestigkeit von Venedigs Bauten. Respekt, Respekt, immerhin halten diese fast schon tausend Jahre. Sein Tower an der 5th Avenue ist nicht einmal ein halbes Jahrhundert alt. Vielleicht sollte man die Italiener doch nicht unterschätzen. Die Chinesen jedenfalls, ist er sich sicher, werden dies niemals schaffen. Dann legt er das Buch zur Seite und inspiziert die nächsten Dokumente. Am meisten Aufmerksamkeit erzielt ein unscheinbares Paper der CIA, ganz am Ende des Stapels. Dessen Titel: «Der Brand der Notre-Dame in Paris vom 15. April 2019». Der Präsident nimmt die Lesebrille hervor, stülpt sie über seine gelben Haare und fixiert – noch im Stehen – die erste Seite. Dann lässt er sich in seinen schwarzen Ledersessel fallen, weiterhin den Text fixierend. Dabei realisiert er gar nicht, wie sich zaghaft die Türe öffnet und eine blond-aufgetakelte Frau das Oval Office betritt. Er zuckt unmerklich zusammen, als diese ihren Mund öffnet: «Mister President, the Swiss President is arriving in ten minutes!»

2.

Venzini hat sich in der Snack-Bar Colleoni, direkt neben den biertrinkenden Italienern, niedergesetzt. Seine feste Burg. Von hier hat er die beste Übersicht über den Platz. Er mag die klare Ansage über dem Eingang: Snack-Bar Colleoni. Als hätte sie ihre Existenz nur dem reitenden Renaissancehelden zu verdanken, was wohl auch stimmt. Zwei Touristinnen haben sich in der Nähe von Venzini niedergesetzt, ihre Rucksäcke über die Sitzlehnen geworfen. Unentwegt kichern sie in den höchsten Oktaven, als gäbe es keine Aussenwelt. Dem Dialekt nach Ostschwei-

zerinnen. Augusto nippt an seinem Sanbittèr. Bis die
jüngere aufblickt und Venzini mit grossen Augen fixiert.
Zuerst verstohlen, dann immer direkter. «Sind Sie nicht
Augusto Venzini?» Dann wendet sie sich ihrer Freundin
zu und flüstert in breitestem Ostschweizer Dialekt: «Das
ist Augusto Venzini. Jener Fotograf, der den Brand der
Notre-Dame fotografiert hat. Als Einziger.» Sie habe ihn
bereits vor einigen Jahren im Zürcher Kaufleuten gesehen, wie er mit seiner russischen Muse dinierte. Venzini tut so, als überhörte er alles, als wäre Erkanntwerden
das Normalste der Welt. Als gehörte es zum universellen
Pflichtstoff, zur Charta des Abendlandes. Stattdessen setzt
er sein bezauberndstes Lächeln auf, seinen kommunikati-
ven Köder zur Restwelt. Doch die beiden Frauen scheinen
immun gegen sensitive Signale, artig stellen sie sich vor:
Susanne Biedermann und Nicole Schärrer aus Schaffhausen, einer attraktiven Kleinstadt beim Rheinfall. Ihr Ziel
sei die Biennale, erzählen sie, sie seien auf der Suche nach
den Graffiti von Banksy. Augusto liebt diesen Dialekt mit
seinen grellen Obertönen. Es weckt in ihm angenehme Er-
innerungen an seine erste Schulreise auf den Munot, eine
markante Festung oberhalb Schaffhausens, die angeblich
Albrecht Dürer entworfen haben soll. Doch sein Interesse
galt weder der Wehranlage noch der imposanten Aussicht,
sondern Lara, einer blonden Mitschülerin, mit der er sich
hinter den Kiosk verzog. Zu seiner Überraschung wehrte
sie sich nicht einmal, als er sie schüchtern, dann immer
heftiger, zu küssen begann. Es war sein erstes erotisches
Erlebnis überhaupt, seine Premiere im Geschlechterkampf. Doch dies liegt unendlich weit zurück, von Lara

hat er seit seiner Schulzeit nichts mehr gehört. Susanne nimmt ihr iPhone hervor, bittet um ein gemeinsames Selfie. Augustos Lächeln gefriert für einen winzigen Moment zu einem Strich, das iPhone ist für ihn der schleichende Tod der Fotografie. Sein Trauma: Irgendwann gibt es mehr Fotos als Ereignisse, mehr Fotografen als Akteure, was den Verlust jeglicher Exklusivität bedeutet. Doch dann setzt sein Autopilot ein, er beginnt zu lächeln. Sein bezauberndstes Smile im Angesicht der beiden attraktiven Schaffhauserinnen und des grossen Bartolomeo Colleoni. Als gäbe es nichts anderes auf der Welt. Kaum hört er ihre Stimmen, sehnt er sich nach den Weiten des Kantons Schaffhausen. Vor Jahren hat ihn sein Freund Oliver, der letzte Kulturverleger der Schweiz, zu einem Weinfest ins Klettgau, die Kornkammer des Kantons Schaffhausen, eingeladen. Hallauer Wein, predigte dieser mit einer Penetranz, die Augusto eigentlich fremd war, sei der beste Wein der Welt. Schon Hesse habe ihn in einem seiner Werke erwähnt. Was Augusto wenig interessierte und ihm fast schon einen Grund lieferte, keinen Hallauer zu trinken. Hesse ist ihm zu weich, zu esoterisch. Er hingegen schätzt klare Verhältnisse, schwarz-weiss.

«Wir müssen weiter», unterbricht Susanne abrupt seine Träumereien. Und dies mit einer Bestimmtheit, wie sie nur Ostschweizerinnen beherrschen. In ihren Augen die Angst, die Selbstkontrolle zu verlieren. Glaubt jedenfalls Augusto. Ihre Kollegin greift dankbar zum Rucksack und springt auf. Jetzt müsse man wirklich weiter, wiederholt sie fast entschuldigend. Es beginne schon bald zu regnen und überhaupt: Wenn der amerikanische Präsident da sei, gehe gar nichts mehr. Man habe dies bereits in Davos gesehen, als dieser im vergangenen Winter das Weltwirtschaftsforum besuchte. Überall nur Polizei und Sicherheitskräfte. Augusto nickt verständnisvoll, umarmt die beiden und gönnt sich einen letzten Schluck Sanbittèr. Verträumt guckt er den zwei Schaffhauserinnen nach, wie sie hinter der Colleoni-Statue verschwinden. Ein bühnenreifer Abgang. Gerne hätte er seine Leica hervorgenommen und fotografiert, leicht verschwommen, wie es sein Stil ist. Aber er unterlässt es, nur keine Spuren hinterlassen, niemand soll wissen, dass er hier ist. Dafür zündet er eine Zigarette an, was überhaupt nicht seiner Art entspricht. Eigentlich ist er Nichtraucher. Aber mit einer Marlboro im Mund zerfliessen alle Grenzen, bis man selbst zum reitenden Colleoni wird. Zum unverletzlichen Marlboro Man inmitten von Venedig. Nachdenklich studiert er die Zigarettenpackung im mediterranen Licht. «Il fumo uccide» steht auf der Hülle, mit der Abbildung einer schwarzen Lunge. Aber gilt dies auch für Unsterbliche? Helmut Newton, Peter Lindbergh, Robert Frank, alle waren gegangen. Ausser Annie Leibovitz und ihm. Die letzten Unsterblichen unter den Sterblichen. Manchmal ist man doch sehr einsam. Aber Unsterblichkeit zu Lebzeiten ist die Hoffnung, dass es doch einmal eine Ausnahme gibt.

3.

Der erste Juliana-Abend im Kaufleuten. Erstaunlich, wie selektiv ein Gedächtnis sein kann. Unverhofft taucht die Erinnerung auf, völlig unerwartet. Eine flapsige Bemerkung einer Schaffhauserin, und Augusto wird in eine Zeit zurückkatapultiert, die nur aus roten Rosen bestand. Wenige Lokale in der Stadt waren an Ostern geöffnet. Was erstaunte, da sich Zürich immer als besseres Manhattan fühlte. Oder zumindest als Abklatsch davon.

Juliana hatte Venzini am frühen Morgen angerufen, sie müsse ihn dringend sehen. Er habe keine Chance, sonst nehme sie sich das Leben. Und das an Ostern, dem Tag der Auferstehung. Sie weinte.

Venzini lag noch im Bett, standesgemäss in seinem Loft in Westend. Allein. Nur mit seinen Zimmerli-Boxershorts, die er nach einem Fotoshooting erhalten hatte. Die so bequem sind, dass man ihnen den urschweizerischen Namen und vor allem den Herkunftsort – Aargau – verzeiht. Sogar George Clooney soll sie tragen. Wenn er nicht nackt schläft, was im MeToo-kontaminierten Hollywood aber längst tabu ist.

Umgeben von den Hochhäusern Zürichs, die die Illusion erzeugten, New York zu sein.

Der Prime Tower als neues World Trade Center, der Swissmill Tower auf der anderen Seite als Empire State Building. Das Rauschen der Hardbrücke als Cross Bronx Expressway. Doch so perfekt wie hier war New York nirgendwo. Eigentlich hiess die Gegend auch Industriequartier, später wurde daraus Züri West oder Westend. Aber seit man weiss, dass die Erde eine Kugel ist, ist es selbst im Westen nicht zu Ende.

Julianas Anruf überforderte ihn, er hatte sie erst einmal gesprochen. Doch dabei spürte er schon eine energetische Spannung zwischen ihnen. Mit Nachhaltigkeit. Zuhause angekommen, musste er permanent an Juliana denken. Er konnte sich, was für ihn ungewöhnlich war, sogar ihren Namen merken.

Glücklicherweise hatte er ihr seine Karte zugesteckt, die sie – mit lässiger Handbewegung – in ihrem Ausschnitt verschwinden liess. Geübt war geübt, dachte Augusto und erhaschte einen Blick ihres Fisch-Tattoos oberhalb ihrer Brust. Trotzdem hätte Augusto in jenem Moment sein ganzes Vermögen darauf verwettet, dass er sie nie mehr sehen werde.

Dass er das penetrante Surren seines iPhones am Ostersonntag überhaupt wahrnahm, war Zufall. Dass er den Anruf entgegennahm, ein noch grösserer. Religionstechnisch: Fügung. Hätte er es überhört, sein Leben wäre anders verlaufen, ruhiger vielleicht, unspektakulärer und sicher weniger gefährlich. Ohne Notre-Dame und Venedig-Reise. Alles ist voraussehbar, ausser der Transpiration und der Realität. Dies hatte er in einem Roman mit dem sonderbaren Titel «Elvis» gelesen.

Seine Damals-Freundin Mel verbrachte jenen Ostersonntag in New York mit Arbeiten. Ein osteuropäisches Model, das ihren Hauptlebensunterhalt aber als Souvenirverkäuferin im übermächtigen Tower eines aufgeblasenen Immobilientycoons an der 5th Avenue verdiente. Im untersten Stockwerk, gleich hinter dem künstlichen Wasserfall. The American Dream im Kellergeschoss: Mel träumte davon, Cindy Crawford zu sein, und verkaufte New-York-Memorabilien sowie die Memoiren des Tycoons.

Augusto hatte sie in Paris kennengelernt, als er für die amerikanische «Vogue» fotografierte. Mel war Hilfsstylistin. Von der ersten Sekunde an war sie völlig auf Augusto fixiert und wollte sogar – was sie aber nicht laut sagte – ein Kind von ihm. So viel Bewunderung schmeichelte Augusto. Vor der Notre-Dame küsste er sie erstmals, lange und sinnlich. Es war stockdunkel, nur ganz leicht zeichneten sich die Konturen der Kathedrale am Nachthimmel ab. «Ljubim te», flüsterte Mel. Augusto, obwohl er weder die Sprache erkannte noch deren Inhalt, interpretierte dies als Liebesgeständnis.

Nachher entführte er sie nach Berlin und Ibiza, wo sie nackt durch die Salinen schlenderten. Anschliessend ging es direkt ins Lío, den besten Club der Welt. Ihr Platz, gleich hinter demjenigen von Kenny, dem berühmtesten Mercedes-Händler der Welt. Nur Manni M., der Reisebuchverleger, hatte – wenn er da war – einen besseren Platz. Nicht ganz grundlos, er überwies dem Chefkellner ein Weihnachtsgeld, auch wenn keine Weihnacht war. Andere Länder, andere Sitten. Kenny zwinkerte Augusto anerkennend zu, wegen Mel. Die Europa-Therapie wirkte, Mel war wunderschön und besoffen vom alten Kontinent – und dem mitteljungen Venzini. Wenn er sie verlassen würde, drohte sie nach der Lío-Nacht, wäre ihr Leben sinnlos. Dann würde sie mit dem Immobilientycoon durchbrennen – oder sich das Leben nehmen. Ihr Entscheid fiele aber kurzfristig. Warum drohten alle Frauen sogleich mit Selbstmord?, dachte Venzini. Er hasste Selbstmorde, so wie er alle Sterbehilfeorganisationen hasste. Exit garantiert keinen Heldentod. Trotzdem empfand er ihre Drohung als Kompliment.

Doch nun war Juliana in sein Leben getreten, unverhofft. Wie ein Störsender. Venzini sah die Komplikationen bereits, als er ihren Anruf entgegennahm.

«Ich muss dich sehen», sagte Juliana.

«Ja», antwortete er.

«Heute Abend, im Kaufleuten.»

Er hatte keine andere Wahl. Juliana hatte bereits wieder aufgelegt. Was wusste er von ihr? Nichts. Ausser dass sie Galeristin war, aber da war er sich auch nicht ganz sicher. Vielleicht arbeitete sie für den Geheimdienst. Irgendjemand musste die Drecksarbeit machen. Jedenfalls lebte sie mit einem dieser sterbenslangweiligen Anwälte zusammen, im obersten Stock eines neuen Hochhauses irgendwo im Norden der Stadt.

Kurz nach 19 Uhr war Augusto im Kaufleuten. Für seine Verhältnisse viel zu früh, Rarmachen war ansonsten sein Erfolgsrezept. Doch bei Juliana wollte er kein unnötiges Risiko eingehen, die Gefahr, sie zu verpassen, schien ihm zu gross. Eine wie Juliana liess man nicht warten. Das war Lebenserfahrung. Juliana hingegen liess warten.

Augusto war nervös, Schweiss perlte von seiner Stirn. Bereits in der Pelikanstrasse hatte er beim Überqueren der Strasse den Bianchi-Fisch-Wagen übersehen, und nur dessen Vollbremsung hatte ihn vor dem Tod bewahrt. «Hier riechts nach frisch» stand auf der Rückseite des Autos.

Zum Glück, dachte Augusto, ist Mel in New York. Er wusste bereits, als er das Kaufleuten betrat, dass sie verloren hatte. Gegen Juliana. Als könnte eine Nichtrussin in New York etwas gegen eine Russin in Zürich ausrichten. Selbst nach dem Untergang der Sowjetunion blieben die Hierarchien gewahrt. Sogar zwischen den Geschlechtern. Doch Augusto beschloss, gar keine Skrupel zuzulassen, und verbannte sie in diesem Moment nicht nur aus seinem Leben, sondern auch aus seinem Gedächtnis. Nie mehr an sie zu denken, ihren Namen von seiner Festplatte zu löschen. Das war zwar brutal, aber wirkungsvoll.

Das Kaufleuten war gut besucht, die Fernsehbilder und Internetberichte von kilometerlangen Autoschlangen vom Osterverkehr, der sich trotz Klimawandel und stundenlangem Warten in den Süden wälzte, zeigten Wirkung. Und dies bewies zugleich: Wer in Zürich ist, will nicht mehr raus. Höchstens noch nach Los Angeles oder Ibiza.

Der griechische Wirt umarmte Augusto herzhaft. Vor Jahren hatte er Putin in Davos bewirtet, was vielleicht sogar der Grund sein könnte, warum Juliana ins Kaufleuten wollte. Venzini liess seinen Fotografenblick durch das Lokal schweifen, das mittlerweile Teil seiner DNA geworden war. In den neunziger Jahren hatte er die «rich kids» fotografiert, wie sie mit den Servietten ihre weissen Linien zogen. Heute sind sie nicht mehr «rich», auch nicht mehr «kids», und sollten sie die ganzen Abstürze überlebt haben, gehen sie in die Kronenhalle oder wählen SVP. Was sie aber niemandem sagen. Die Welt ist – abgesehen vom täglichen Fegefeuer der sozialen Medien – diskreter ge-

worden. Das Kaufleuten ist jener Ort in Zürich mit Welt-
ausstrahlung. Nicht so traditionell wie die Kronenhalle,
nicht so verschlagen wie die Casa Aurelio, nicht so italienisch wie das Toto, nicht so gediegen wie das Casa Ferlin.
Was auch an der Beleuchtung liegt, die eine Diskretion
verspricht, die es gar nicht gibt.

In der hinteren Ecke feierte ein weltberühmter Verleger,
dessen Weltberühmtheit nicht über die Stadt hinausging,
seinen Polterabend. Was erstaunte, da seine Beziehungen
immer auf drei Jahre taktiert waren. Seine Zukünftige
fehlte. Am Tisch stattdessen Manni M., der Reisebuchverleger, in Sichtweite des Radiopioniers, der am anderen
Ende des unendlich langen Tisches sass. Dazwischen die
schöne Aurelia, selbst Fotografin, die mit ihren klaren Augen versuchte, mit Augusto Blickkontakt aufzunehmen.
Aber auch Regina, Dauerfreundin des heiratswilligen Ver-
legers, war da. Die heimliche Chefin am Tisch, die Patin,
deren imposante Nana-Mouskouri-Brille längst wieder
in Mode war und ihrem Gesicht eine erotische Sanftheit
vermittelte. Wohl der Grund, warum die Zukünftige, irgendeine Ex-Miss eines Missen-Concours in Südbelgien,
es nicht einmal wagte, durch die grossen Fensterscheiben
einen diskreten Blick vom Polterabend zu erhaschen.
    Augusto übersah alles. Nur keine Zweifrontenschlacht
an Ostern. Sogar Barbara, die personifizierte Wiedergeburt
von Romy Schneider, war anwesend. Nur dass sie perfekter war als Romy. Ihr Freund Peter, der berühmteste Aro-
ser Skilehrer der Jetztzeit, sah aus wie Alain Delon. Doch
vielleicht war dies eine Täuschung: Eigentlich möchte

man neben Romy nur Alain Delon sehen. Dahinter der bestgewählte Parlamentarier des Landes, der – um seine weitere Politkarriere zu beflügeln und seine Wählerschaft kennenzulernen – alle Restaurants der Schweiz besuchte. Doch Augusto wollte, konnte nichts aufsaugen vom klirrenden Kaufleuten-Kosmos. Selbst die einstige Starmoderatorin des lokalen TV-Senders, die zur Spitex gewechselt hatte, nahm er kaum wahr. Nicht einmal die ehemalige Polizeikommandantin, die immer in dieser Runde sass, erkannte er. Nur als ein kleiner Hund, Typ Jack Russell, zwischen seinen Beinen durchstrich, blieb er für einen kurzen Moment stehen. «Oski!», erklang eine weibliche Stimme mit Leipziger Dialekt, «Oski, komm her!» Oski wedelte mit dem Schwanz und verschwand wieder unter einem der unzähligen Tische. Dessen Herrin Sandra, Typ Yoga-Lehrerin mit Harper's-Bazaar-Touch, wäre in normalen Zeiten Augusto direkt ins Auge gestochen und hätte ihn zu einem Zwischenhalt verleitet. Eine Inszenierung wie auf der legendären Pfauenbühne, die der Stadtrat demolieren will, oder – noch besser – im Theater Rigiblick.

Doch jetzt hastete Augusto rastlos weiter durch das Lokal und suchte Juliana.

Diese hatte sich, was kaum ihrer Art entsprach, in eine der Nischen verzogen, die den Charakter des Restaurants ausmachten. Augusto fielen ihre geröteten Augen auf. Als er sie galant in den Arm nehmen wollte, wehrte sie ab. Stattdessen küsste sie ihn auf die Stirn. «Ich habe heute Morgen Beat verlassen», eröffnete sie, ohne Augustos standardisierte Verbaloffensive abzuwarten. Stattdessen setzte er pflichtgemäss ein Betroffenheitsgesicht auf.

«Hat er dich geschlagen?»

«Nein, viel schlimmer», schniefte sie.

«Viel schlimmer?»

Langes Schweigen.

«Ja, viel schlimmer. Er ist Schweizer. Durch und durch.»

4.

Dr. Beat hat sich in sein Hotelzimmer zurückgezogen. Die Anwesenheit der beiden Amerikaner mit ihren Sonnenbrillen verunsicherte ihn. Eine halbe Stunde starrten sie wortlos auf das Wasser. Früher hätten sie sich mit einer Zeitung getarnt. Die einzige Ausgabe der «Repubblica» aber, die im Frühstückssaal auflag, hatte er behändigt. Irgendwann war auch das Kreuzfahrtschiff wieder weg, und der San Marco präsentierte sich in voller Pracht.

In Beat keimt eine Unruhe auf, ein Gefühl, das ihm eigentlich fremd ist. Es ist wie die Angst des Marionettenspielers vor dem Reissen der Fäden. Bis jetzt lief alles reibungslos, zu reibungslos vielleicht: Venzini hatte alle SMS-Anweisungen befolgt und scheinbar niemanden über seine überstürzte Reise informiert. Das war nicht selbstverständlich. Die Drohung, es könnte etwas ganz Schlimmes passieren, zeigt offenbar Wirkung. Obwohl kaum jemand mehr SMS schreibt, hat sich diese Kommunikationsart bewährt: Sie ist abhörsicher. Zudem zeigen sich Fotografen, die sich von Berufs wegen auf die Realität fokussieren, dem Irrationalen gegenüber viel sensibler. Augusto Venzini, der bei den Drogenclans in Japan und bei den Voodoo-Zauberern in Afrika lebte, scheint über ein natürliches Gespür für risikoreiche und gefährliche Situationen zu verfügen.

Trotzdem ist Beats Seelengefüge ins Wanken geraten. Seine Souveränität, die er sich in unendlichen Rotarier- und Zunftveranstaltungen antrainiert hatte, ist wie Make-up zerflossen, das zu lange der Sonne ausgesetzt war. Auch sein Lächeln, das er Joe Ackermann entlehnt und das sogar dessen Sturz überlebt hatte, ist eingefroren. Die beiden Amerikaner, die mit starrem Blick die andere Uferseite inspizierten, hatten ihn verunsichert. Das war kein Zufall, das konnte nur die CIA oder sonst ein amerikanischer Geheimdienst sein. Hatten sie ihn schon im Visier? Nervös tigert Beat durch sein Hotelzimmer, blickt durch das Fenster. Es ist kurz nach drei, mittlerweile bewegen sich ausnehmend viele Schiffe auf dem Giudecca-Kanal. Beim morgigen Besuch des amerikanischen Präsidenten wird es keine Boote mehr auf dem Wasser haben. Aus Sicherheitsgründen. Der Präsident wollte sogar seinen «Beast», den neun Tonnen schweren Cadillac One, einfliegen lassen, wusste Luigi. Um auf dem San Marco herumzukurven. Doch die italienische Regierung habe davon abgeraten, Venedig sei seit hundert Jahren autofrei, was zwar stimmt. Vor allem aber befürchtete sie einen Einsturz des Platzes. Schliesslich sei hier buchstäblich alles auf Wasser gebaut. Der frischgekürte italienische Ministerpräsident, ein ehemaliger TV- und Baumogul, der bereits zum vierten Mal an der Macht war, befürchtete nach der Absage, dass die Amerikaner dies als diplomatischen Affront werten und deswegen die Reise sistieren könnten. Doch nichts passierte. Höchstwahrscheinlich hatten die Italiener bei den Amis weitaus mehr Goodwill als die Deutschen, die Schweizer oder die Franzosen, folgerte Luigi. Vielleicht wegen Al Capone, der ursprünglich Italiener gewesen sei. Der Kellner schmunzelte bei dieser Bemerkung. Was sehr selten war.

Die körperliche Anspannung bringt Beat ins Sinnieren. Eigentlich wollte er ein guter Mensch werden, er wurde Anwalt. Doch seit dem überstürzten Abgang von Juliana haben sich seine Lebensziele abrupt verändert: Nicht mehr Geld und Ruhm stehen im Fokus, jetzt schwört er Rache, grausame Rache. Im Visier Augusto Venzini, der auf einen Schlag sein ganzes Leben zerstörte. Ob er Juliana zurücknehmen würde, weiss er nicht. Sollte sich diese Frage irgendwann stellen, könnte er sogar auf stur schalten. Doch diese Frage stellt sich nicht. Mit dem Verzeihen, weiss Dr. Pestalozzi, wäre es so eine Sache. Seit Julianas Abgang jedenfalls hat er nie mehr eine Frau berührt. Obwohl es sogar Chancen gegeben hat. Ein Mann sei nie so einsam, wie er aussehe, hat Hildegard Schwaninger, die berühmteste Gesellschaftskolumnistin der Stadt, einmal geschrieben. Ein schöner Satz, doch bei Beat hat sie sich geirrt. Der Anwalt löst sich vom Fenster und geht zum kleinen Schreibtisch, direkt gegenüber seinem Bett. Er mag Dekorationen, die an eine Zeit erinnern sollen, als es noch keine Computer oder iPhones gab.

Ach, wie gerne wäre er jetzt in Zürich! An der Bahnhofstrasse, am See oder im Café Plüsch. Vielleicht ist das

Ganze doch eine Nummer zu gross. Oder handelt es sich lediglich um einen Schub von Heimweh? Jener Krankheit, die nur die Schweizer kennen? Heidi in Frankfurt in der aktuellsten Fassung, adaptiert in Venedig. Klar, man gibt sich als Schweizer gerne weltmännisch und universal, bereist den ganzen Globus, doch schon nach kurzer Zeit stellt sich die Sinnfrage. Man vergleicht den Stillen Ozean mit dem Zürichsee, den Tafelberg mit dem Üetliberg und stellt erleichtert fest, dass es nichts Schöneres als das Matterhorn gibt. Man reist nach Italien und Spanien und schwärmt von der lockeren und unschweizerischen Art ihrer Bewohner. Sobald man aber zehn Minuten anstehen muss, schlägt sogleich der Schweizer durch. Zuerst noch zurückhaltend, dann immer drückender.

«Nerven behalten», sagt sich Beat, «ganz leise durchschnaufen.» Es kommt schon gut. Und Venzini, dieser aufgeblasene Weltfotograf, hat eine klitzekleine Klatsche verdient. Was für ein Grosskotz! Beat hatte in den Achtzigern ein Buch mit diesem Titel gelesen, eine schriftstellerische Offenbarung, die zeigt, dass alle Höhenflüge am Ende auf dem Boden zerschmettern. «You can get it if you really want!» Der berühmteste aller Schweizer Journalisten hatte diese Liedzeile zu seinem Lebenselixier erklärt. Dabei aber keinen unnötigen Fehler machen. Das ist alles.

Beat blickt erneut aus dem Fenster. Er kann sich an den grellen Farben Venedigs, dessen nicht endender Umtriebigkeit nicht sattsehen. Alles ist in Bewegung. Da kann sich die Welt auch noch so oft drehen und verändern – Venedig bleibt. Als Koloss inmitten des reissenden Lebensstroms, des Weltenchaos. Nur Starfotograf Augusto

Venzini sitzt in der Falle. Wie eine Fliege, die das Spinnennetz, das sich langsam um sie spannt, noch nicht wahrnimmt. Beat weiss, wie klischiert dies tönt. Doch es zeichnet die Klischees aus, dass sie der Wahrheit entsprechen.

Allmählich kehrt die Selbstsicherheit wieder in Beats Gesicht zurück. Als würde er es mit einer Q10-Verjüngungscreme von Nivea vollpumpen. Er greift zu seinem iPhone und schreibt eine SMS.

5.

Die Air Force One gleitet über den Atlantik, die Dämmerung setzt ein. Der Präsident schaut durch die Luken, tief unter ihm eine riesige Eisfläche, Grönland, das jüngste Opfer seiner Begierde. Nur noch meine Frau ist kälter, denkt er, während er an einem Glas Wasser nippt. Leider hat es mit dem Kauf nicht geklappt. Wäre er Alkoholiker, würde er sich ein Glas Gin gönnen. «Diese aufsässigen Dänen», enerviert er sich. Dann ein tiefer Schluck, der Präsident mag keine Verlierer, am wenigsten, wenn er dazugehört. «Glücklicherweise gibt es noch tausend andere Inseln, die zu kaufen sind», tröstet er sich. Bora-Bora würde seiner Frau gefallen. Oder Moorea. Doch dann wäre der Ärger mit dem französischen Präsidenten, dem Monsieur le Président de la République, vorprogrammiert. Diese aufgeblähte Schein-Reinkarnation von Charles de Gaulle und Napoleon! Oh, hätten die Amerikaner den Franzosen bei der Rückeroberung von Paris nur nicht den Vortritt gelassen. Das war Rücksichtnahme am falschen Ort. Seitdem glauben sie, sie hätten den Zweiten Weltkrieg im Alleingang gewonnen. Trotzdem mochte er Monsieur le Président de la République, vor allem dessen Ehefrau und dessen starken Handschlag. Nur diese permanente Profilierungsneurose! Der Präsident lehnt sich zurück, streckt die Beine. Dann blickt er kurz auf sein iPhone: Im Iran herrscht Ruhe, im Irak auch, und in Florida scheint die Sonne. Selbst die Opposition in Washington steckt immer noch im Winterschlaf, kein weiteres Impeachment ist angekündigt. Nur für Venedig ist starker Regen angesagt. Ein schlechtes Omen, er hasste Regen. Wenn sich wenigstens die First Lady in seinem Abteil blicken lassen würde. Doch sie tut ihm diesen Gefallen nicht. Seit der Abreise in Washington, D. C., kein freundliches Wort, kein Blickkontakt. Kaum in der Air Force One angekommen, hatte sie sich in ihr eigenes Abteil verkrochen. Irgendetwas an dieser Venedig-Reise schien ihr nicht zu passen. Dieser Umstand bereitete ihm ernsthaft Sorgen. Was war mit ihr los? Dabei gab es in letzter Zeit keine Zwischenfälle, keine Gerüchte über verflossene Affären, keine Streitigkeiten. Und jetzt, wo alles gut ist, zeigt sie ihm urplötzlich die kalte Schulter. Und dies kurz vor Venedig, der Stadt der Liebe.

Der Präsident hämmert mit seinen dicken Präsidentenfingern auf die Sitzlehne. Warum muss alles in der Air Force One in Grau ausstaffiert sein? Sicher das Werk seines Vorgängers. Er selber mag die grellen Konturen, dazwischen ist was für Schwächlinge. Kurz vor dem Start in Washington, D. C., hatte er noch vier Tweets abgesetzt, einen gegen China, einen gegen Russland, einen gegen Deutschland, einen gegen den Iran. Alle vier schlugen wie Bomben ein. Der Präsident kichert. Früher musste man Truppen auffahren lassen, heute genügt der Griff zum iPhone. Auch die Visite des Schweizer Präsidenten war ein voller Erfolg. Ein feiner Kerl, doch dieser war so nervös, dass er seinen eigenen Namen beinahe falsch im Gästebuch verewigt hätte. Shit happens. Lange hatte er von seiner Heimatgemeinde im Zürcher Oberland erzählt. Für einen kurzen Moment glaubte der Präsident, dies wäre ein verstecktes Verkaufsangebot. Er kannte diese Tricks aus seiner Zeit als Immobilienmakler. Alle wollten ihm damals etwas verkaufen, vor allem, wenn es wertlos war. Grönland war nicht wertlos – und die First Lady auch nicht. Im Gegenteil: Sie war teuer, sehr teuer. Der Präsident drückt auf seinen Bordcomputer, Musik erklingt. Sein Lieblingssong: «America» von Neil Diamond. Sein Vorgänger mochte Bruce Springsteen, der Franzose steht auf diesen sonderbaren Johnny Hallyday, den ausserhalb von Frankreich niemand kennt und zu dessen Beerdigung mehr Menschen gekommen sein sollen als bei Elvis und Frank Sinatra zusammen. Das ist die Ökonomie des Todes. Zum Glück ist er selber unsterblich. Und sollte es damit nicht klappen, nimmt er – sicherheitshalber – lebensverlängernde Tabletten, die es nur in Amerika gibt. Vielleicht ist dies der einzige Grund, warum der Präsident an Gott glaubt: Dieser lebt länger und ist auch berühmter als er. Vielleicht zweifelt Gott manchmal an seiner eigenen Existenz – der Präsident tut es nicht. Er schaut hinaus. Unter ihm – unendlich gross – der Atlantik. Als ihm sein Vater in Long Island zum ersten Mal das Meer zeigte, hatte er es sich eigentlich noch grösser vorgestellt. Doch dies sagte er seinem Vater nicht, er wäre beleidigt gewesen. Hier rudert jetzt dieses kleine Mädchen nach Amerika, denkt er. Nichts für mich. Er empfand es als Beleidigung, dass sie ihn bei ihrem Amerikabesuch nicht treffen wollte, obwohl er sie auch nicht treffen wollte. Sie war definitiv nicht sein Typ.

Der Präsident beginnt leise zu summen. Im Gleichklang mit Neil Diamond, der – wie er – aus New York stammt und mit dem er sich über grosse Entfernung duelliert, wer die grösseren Hallen füllt.

Got a dream to take them there
They're coming to America.
Got a dream to take them there
They're coming to America

Das monotone Rauschen des Flugzeuges hat etwas Beruhigendes, eine sanfte Wohligkeit durchströmt ihn. Langsam fallen ihm die Augen zu. Doch dann schreckt er auf, urplötzlich: Er hat eine Blitzidee, was man noch kaufen könnte. Ja, das ist es, denkt er befriedigt. Jetzt bekommt die Venedig-Reise doch noch einen Sinn, obwohl er die Stadt eigentlich gar nicht mag. Er hatte Bilder gesehen, wie deren Bewohner und Besucher am Karneval mit verdeckten Gesichtern zum Markusplatz strömen. Die grösste Dekadenz überhaupt, sein eigenes Gesicht zu verstecken! Der Sieg der Gesichtslosen über die wahren Charaktere! Der Präsident hasste Masken; dass Gott unsichtbar ist, reicht. Doch jetzt keine trüben Gedanken, es läuft alles in seinem Sinn. Fast schon beschwingt nimmt er sein iPhone hervor und hämmert ein paar Notizen hinein. Sein Freund, der italienische Ministerpräsident, wird begeistert sein. Zum Glück ist er wieder am Drücker! Der Präsident bemerkt gar nicht, wie die First Lady ihren Kopf durch die Türe steckt und ihr First-Lady-Lächeln aufsetzt, als sie ihren schreibenden Gatten sieht. Nur Jackie Kennedy war noch perfekter.

6.

Augusto winkt den Kellner zu sich und bestellt eine Magnum-Glace. Es ist angenehm, in einer Snack-Bar keine Snacks bestellen zu müssen. Kurz vor Mittag herrscht auf dem Campo Santi Giovanni e Paolo eine Betriebsamkeit, die er diesem Platz nie zugetraut hätte. Nicht so wie auf dem San Marco, weitaus weniger gehetzt und auch weniger touristisch. Vielleicht das, was man unter Authentizität versteht. Augusto ist überzeugt: Gäbe es ein echtes Venedig, wäre es hier. Wie gerne hätte er Juliana angerufen, doch er unterlässt es. Robert Capa hatte auch alle Gefahren vermieden, doch am Ende wurde er von einer Tretmine zerfetzt. Was Augusto irritiert: Juliana selber hatte in den letzten Tagen keinen Versuch unternommen, ihn zu kontaktieren. Klar hatte er ihr vor der überstürzten

Abreise gesagt, dass er unvermittelt nach Afrika müsse. Zu seinen Freunden, den Voodoo-Zauberern, wo es weder Internet noch Telefon gebe. Nur übersinnliche Energien, die weder von Google noch der CIA noch dem russischen Geheimdienst erfasst werden könnten. Was bedeute, dass ihre Kommunikation für ein paar Tage verstumme. Im Dienst der guten Sache. Juliana zeigte Verständnis.

Augusto schaut sich nochmals die erste SMS an: «Übermorgen nach Venedig. Allein. Wichtige Begegnung. Ticket hinterlegt, Hotel La Fenice reserviert. Absolut vertraulich!»

Eine konkrete Drohung fehlt, doch sie schwingt im Text mit. Wer könnte das geschrieben haben? Ein anderer Fotograf, der ihm seinen Orden der Ehrenlegion missgönnte? Der Brandstifter von Notre-Dame? Oder am Ende doch Dr. Beat Pestalozzi, dem er die Frau ausspannte und der im selben Flugzeug sass? Vielleicht ist alles auch nur ein Missverständnis, ein gewaltiger Scherz ohne Anspruch auf eine Pointe. Doch das Leben ist eine instabile Bühne, sinniert Augusto, von der man nur einmal runterfallt. Es bleibt immer ein Restrisiko, dass alles so eintritt, wie man es sich nicht wünscht. Klar gäbe es nach dem Abgang Tränen und schöne Abschiedsworte – von den andern. Doch wenn man einmal von der Bühne runtergefallen ist, verschwindet man im Nichts, einem schwarzen Loch, gegen das die Lagune von Venedig nur ein müder Tümpel ist. Wie bewundernswert Bartolomeo Colleoni auf seinem Sockel. Er hat alles überlebt, sogar die Kreuzfahrttouristen und die Frauenrechtlerinnen. Niemals würde er freiwillig runtersteigen. Als Unsterblicher verspürt er sogar nach seinem Tod keine Sterbelust. Augusto schaut zum Himmel, der sich in den letzten Stunden verdunkelt hat.

Wie schön war es doch beim ersten Date mit Juliana. Augusto orderte einen Chablis, Chardonnay. Zur Beruhigung. Weitaus lieber hätte er einen Heida-Wein oder einen Weinfelder Weisswein aus dem Hause von Reto Scherrer bestellt, doch manchmal konnte man nicht alles gleichzeitig haben. Augusto gewährte Juliana den Raum, den sie benötigte. Auch wenn er es anders gewollt hätte, sie liess ihm keinen und schilderte ihm ihr ganzes Leben – sturzbachähnlich. Nicht die Weiten Russlands, die kommunistische Überwachung, die Flucht in den Westen waren ihr Trauma, sondern das Zusammenleben mit Beat Pestalozzi. Die Wohnung im Jabee Tower wurde zu ihrem Verliess, ihrer Lubjanka in Zürich-Nord. Nicht einmal der Blick nach Dübendorf war eine Entschädigung. Augusto nickte verständnisvoll, bemerkte aber, dass sich die Polterabendgruppe aufgelöst und das Lokal verlassen hatte. Vielleicht um Ostereier zu suchen.

Nun waren Juliana und er – trotz des vollbesetzten Hauses – die einzige Attraktion des Abends, keine Tina Turner, kein Martin Walser, kein Roger Schawinski, keine Gabriella Sontheim, kein Markus Ruf war hier. Nicht einmal Ariane Sommer, eine bekannte Schriftstellerin aus Beverly Hills, die noch vor wenigen Minuten eine Lesung im Kaufleuten-Club hatte, war aufgetaucht. Auch Michèle Binswanger, die berühmte «Tagi»-Journalistin, fehlte. Was aussergewöhnlich war, da soeben ihr MeToo-«Who is who» – «Wer belästigte wen?» – erschienen war und bereits als Standardwerk und als Leitfaden für künftiges Benehmen galt. Dass all die Berühmtheiten fehlten, mutete sonderbar an, gab es in Zürich doch nur eine Bühne für gesellschaftliches Schaulaufen dieser Art – und das war hier. Der Pointenschreiber des Schweizer Fernsehens sass ganz blass in einer Nische des Kaufleuten. Er hatte für die Ostersendung Eier mit Meier, Hasen und Blasen (oder politisch korrekt: Nasen) gereimt. Damit hatte er sein Tagwerk vollbracht und konnte sich dank der Konzessionsgelder ein Züri-Gschnätzlets vom Kalb mit Rösti leisten. Humor ist nicht das Hauptasset der Zürcher, was aber kein Alleinstellungsmerkmal ist. Oder wer lacht in den Fängen der sizilianischen, japanischen oder weissrussischen Mafia?

Der einzig wirklich lustige Schweizer, den Augusto kennt, ist Zucco. Nur ist dessen Name bereits wieder unschweizerisch, aber vielleicht ist das auch nur Tarnung. Moritz Leuenberger ist auch erstaunlich lustig, doch der ist Politiker, trotz seiner Comedyauftritte im Bernhard-Theater. Zudem würde er als echter Sozialdemokrat niemals im Kaufleuten verkehren. Die Chance, Zucco hier zu treffen, ist ähnlich gering: Dieser diniert ausschliesslich in der Kronenhalle. Manchmal mit seinem Kumpel Peter Lesch, der glatte Texte für das städtische Casino kreiert und damit in Zürich den Casino-Kapitalismus am Leben hält. Womit er Zürich einen grossen Dienst erweist, nachdem die Gnomen schwächeln. Viel lieber wäre er Fussballer geworden. Daraus wurde nichts, doch es reichte immerhin zum Spielertrainer des D.l.n Frischauf Seefeld, eines Fussballclubs, der nur aus Werbern besteht.

Höchstwahrscheinlich dominieren heute die Aargauer, dachte Augusto, ohne es laut zu wiederholen, um Juliana die Kaufleuten-Illusion nicht zu zerstören. Selbst der Polterabend-Verleger, der ständig vorgab, aus Zürich zu stammen, stammte aus Schaffhausen oder einem kleinen Dorf daneben. Potenzierte Provinzialität. Da nützte es auch nichts, dass C. G. Jung und der berühmteste Schweizer Polittribun am gleichen Ort aufgewachsen waren. Irgendwann hatte man sogar vergessen, dass der grosse Goethe im Landgasthof Zur Linde einkehrte, um anschliessend zu dichten: «Uhwiesen, ein Dorf. Weinberge, unten Feld.» Präziser konnte man es nicht sagen. Doch Goethe war auf der Welt ähnlich inflationär wie Hemingway im letzten Jahrhundert. Er war überall und doch nirgends.

Augusto schaute sich verzweifelt nach bekannten Köpfen um. Selbst Frank, der ADC-Präsident, der letzte Kämpfer für Kreativwerbung, und die Gründerin des Zurich Film Festival fehlten. Obwohl sie ihre Veranstaltung einige Wochen zuvor an einen Zeitungskonzern verkauft hatte, strahlte sie die Grandezza eines Filmstars aus. Vielleicht war sie nun wirklich in Hollywood angekommen, dachte Augusto und genehmigte sich einen Schluck Zürichseewein. So viel Heimat musste man ertragen, das Leben war zu kurz für einen abgestandenen Veltliner. Die einzige Person, die er erkannte, war Corinne, eine talentierte Grafikerin, deren Publikation manchmal seine Fotos abdruckte. Sie sass mit ihrem jurassischen Freund da und verzehrte Zürcher Geschnetzeltes. Er nickte ihr zu. Als er aber realisierte, wie ihn Juliana misstrauisch inspizierte, blickte er sogleich weg. Nach dem Kaufleuten-Abend lud Augusto Juliana zu sich nach Hause ein. Es erstaunte ihn nicht einmal sonderlich, dass sie auf sein Angebot einging. Obwohl sein Wohntower in Westend viel kleiner war als der Jabee Tower oder derjenige des amerikanischen Immobilien-Tycoons an der 5th Avenue, in dem seine künftige Exfreundin arbeitete. Erleichtert stellte er fest, dass ihm deren Name bereits entfallen war. Vergessen ist die Allzweckwaffe gegen Gewissensbisse und erspart unnötige Vergangenheitsbewältigung. Lesen Sie die Packungsbeilage oder fragen Sie Ihr Gedächtnis!

Als Augusto Juliana nach zwei Gläsern Zarskaya-Wodka langsam auszuziehen begann, fiel ihm als Erstes ihr Fisch-Tattoo oberhalb ihrer Brust auf. Vielleicht schaute er eine Sekunde zu lange hin, Juliana jedenfalls grollte. Als empfände sie diesen Blick als Beleidigung gegenüber dem russischen Volk, seinen Künstlern und ihrer Körpertopografie. Das sei ein Fisch von Maxim Ilinov, dem weltberühmten Kosaken-Warhol, schnauzte sie und drückte ihren nackten Oberkörper demonstrativ nach vorne. Wenn es wenigstens ein Warhol wäre, dachte Venzini, ein Freund von ihm, den er in den achtziger Jahren in seiner New Yorker Factory am Union Square besuchte. Um vom Thema abzulenken, begann er sie langsam zu küssen, immer mehr, immer intensiver, bis seine Lippen schmerzten. Sein Geheimrezept, um Juliana und all die anderen sprachlos zu machen.

7.

Die First Lady ist an ihren Platz zurückgekehrt. Zum Glück hat die Air Force One genügend Platz, um sich auszuweichen. Dass sie irgendwann die erste Frau von Gottes ureigenstem Land werden würde, lag in ihrer Kindheit ausserhalb ihrer Vorstellungskraft. Um ehrlich zu sein, sie hatte es auch nie in Betracht gezogen, damals in der slowenischen Trübseligkeit. Sie wollte als Fotomodell die Welt erobern, als neue Cindy Crawford oder zumindest als Claudia Schiffer oder Corinne Valpiani. Lustlos blätterte sie ein paar Zeitschriften durch, doch lediglich die neue Ausgabe der amerikanischen «Vogue», die ihr ihre persönliche Assistentin hingelegt hatte, weckte ihr Interesse. Auf dem Cover: sie – in einem weissen Calvin-Klein-Kleid. Der Titel: «Wie hält sie es mit ihrem Gatten aus?» Wären es Fake News, würde es sie nerven. Doch die Frage ist berechtigt; manchmal war ihr Mann wirklich unerträglich, trotz seines neuen Jobs. Aber sie weiss auch, was sie ihm verdankt. Macht macht sexy, Ohnmacht bedeutet ohne Macht. Seine Liebe versetzt sie in einen permanenten Zustand der Wehrlosigkeit. Klar hat er sie damals aus ihrer tiefsten Depression herausgeführt, als sie von ihrem Freund überraschend verlassen wurde. Doch das war nun definitiv Vergangenheit.

Diese Venedig-Reise macht sie nervös und auch gegenüber ihrem Gatten ungerecht, eine Brachial-Anspannung beherrschte seit Tagen ihren ganzen Körper. Immer und immer wieder sieht sie diesen reitenden Renaissance-Macho auf dem Campo Santi Giovanni e Paolo vor sich, der noch mehr Männlichkeit versprüht als ihr Mann. Nervös streichelt sie ihren Fuss, so lange, bis die Zeitschrift zwischen der Stuhllehne hinunterrutscht und auf dem präsidialen Boden liegen bleibt. Die «Vogue»-First-Lady in ihrem Calvin-Klein-Kleid blickt sie mit treuen Augen an. Ihr Spiegelbild. Als wollte es ihr zurufen: Halte durch!

Die First Lady schliesst die Augen. Züngelnde Flammen tauchen auf, kommen näher und näher. Bis der spitze Turm im Zeitlupentempo auf das Schiff der Kathedrale stürzt. Immer und immer wieder. Als wollte sich dieser Moment mit aller Wucht in ihre Gehirnrinde einstanzen. Vor der Notre-Dame erlebte ich meinen schönsten Kuss, denkt die First Lady. Eine Stewardess betritt das Abteil, beugt sich zu ihr: «Madam, in einer Stunde erreichen wir Venedig.»

8.

Venzini war spät ins Fenice zurückgekommen. Der blanke Horror: Die halbe Stadt war mittlerweile abgesperrt, überall patrouillierende Polizisten. Das potenzierte Labyrinth. Und dann noch der einsetzende Regen. Als wollte das Schicksal alle Klischees provozieren. Selbst vor dem Eingang zum Caffè Florian türmten sich unansehnliche Betonklötze zu einer Miniversion der Berliner Mauer. Als wollte man die deutsch-italienische Freundschaft wiederbeleben. Augusto wunderte sich, dass solch hässliche Dinger in Venedig überhaupt zugelassen waren. Und dies erst noch vor dem ältesten Kaffeehaus des ganzen Landes. Am Nachmittag war Augusto noch bester Laune gewesen. Für einen kurzen Moment überlegte er sogar, Venedig mit dem Wassertaxi zu verlassen. Doch kurz nach vier trübte eine weitere SMS seine Laune, der Text ganz kurz: «Morgen, 14 Uhr, Harry's.» Nun war jede Flucht zwecklos. Er fühlte sich wie damals beim Millennium. Er reiste mit der Swissair zur Jahrtausendwende nach Jerusalem, dorthin, wo die Zeitrechnung begann. Was er vergass: In Israel war eine andere Zeit. Es war gar nichts los, nicht einmal in den engen Gassen der Altstadt. Wegen Sabbat. Irgendwann beschlich ihn das Gefühl, dass er den wichtigsten Moment seines Lebens verpasse. Kurz nach 14 Uhr am letzten Tag des ausklingenden Jahrtausends beschloss er, Israel fluchtartig zu verlassen, um auf schnellstem Weg nach New York zu fliegen, um die Feierlichkeiten am Times Square mitzuerleben. Doch er hatte keine Chance, wegen des Millennium-Bugs flog keines der Flugzeuge. Was er in einem Land, das die Jahrtausendwende nicht kannte, fast schon als Affront empfand. «Man ist immer ein Gefangener», sinniert Augusto, als er sich auf seinem Hotelbett ausstreckt, abhängig von irgendjemandem. Am privilegiertesten ist man aber, wenn man es von sich selbst ist. War sein Leben gefährdet? Er wusste es nicht. Manchmal muss man sich einfach seiner Bestimmung ausliefern. Je wehrloser, desto besser. Das ist Gottvertrauen. Herr Capa, wie hätten Sie es gehandhabt? Haben Sie ernsthaft geglaubt, dass Sie einmal eine Tretmine zerfetzen könnte?

Während die Regentropfen ungewöhnlich intensiv gegen die Hotelfenster klatschen, nimmt Augusto sein iPhone hervor und wählt auf Spotify Charles Aznavour, einen Sänger, den er nur in ganz schlechten Momenten hört. Vielleicht ist er gerade jetzt an seinem schlechtesten, seinem Tiefpunkt angekommen, denkt Augusto, vielleicht sogar an seinem Ende.

Com'è triste Venezia soltanto un anno dopo
Com'è triste Venezia se non si ama più
Si cercano parole, che nessuno dirà
E si vorrebbe piangere e non si può più.

9.

Am nächsten Nachmittag hastet Venzini durch die enge Calle Vallaresso zu Harry's. Er hat keine andere Wahl: Die Uferpromenade am Canale Grande ist gesperrt, der Besuch des amerikanischen Präsidenten fordert seinen Tribut. Selbst auf dem Canale Grande hat es – abgesehen von ein paar singenden Gondolieri auf ihren Gondeln, die für die amerikanischen TV-News als Statisten dienen – keine Schiffe. Als müssten sie beweisen, dass Venedig das Original ist und nicht Las Vegas. Alles ist Inszenierung, denkt Venzini. Sogar die blau-weissen T-Shirts leuchten kameragerecht. Für einen kurzen Moment hat sogar der Regen nachgelassen. «Morgen, 14 Uhr, Harry's» stand in der SMS, Augusto hat Verspätung. Bis zuletzt zögerte er, ob er dieser Aufforderung wirklich nachkommen sollte, doch dann siegte die Überzeugung, dass einem in einem Lokal, das Harry's hiess, nichts passieren konnte. Ernest Hemingway als Überlebensgarant. Durch Hemingways Sterben wurde Harry's unsterblich. In der kleinen Bar beim Canale Grande dröhnte er sich die Birne zu, schmachtete eine Minderjährige an und schrieb einen mittelprächtigen Venedig-Roman, um kurz danach den Nobelpreis zu gewinnen. Dadurch ist das Lokal in eine Weltliga aufgestiegen, mit der nicht einmal das Kaufleuten mithalten konnte. Doch heute könnte sich der Dichter nicht mehr heroisch ins Nirwana befördern, sondern würde weitaus weniger heroisch im Gefängnis landen. Wegen MeToo. Selbst in Italien ist man mittlerweile empfindlich.

Regenwasser tropft auf Augustos Gesicht, als er die unscheinbare Türe von Harry's öffnet. Ein Einstieg in eine Welt, die von aussen unsichtbar bleibt. Das letzte Mal war er mit Juliana hier. Unentwegt stänkerte sie über die hohen Cocktail-Preise, vielleicht war sie auch nur sauer, dass es keinen russischen Wodka gab. Augusto konnte noch lange auf Hemingway verweisen, es nützte nichts. Wäre doch Tolstoy hier gewesen oder zumindest Solschenizyn. Am Ende ergab sie sich seinen Argumenten und war betrunken. In diesem Punkt war sie gegenüber ihrer Heimat loyal.

Augustos Puls ist erstaunlich ruhig. Harry's ist wie immer, seit seinem letzten Besuch und in den vorhergegangenen siebzig Jahren hat sich nichts geändert. Der weissgekleidete Kellner hinter der Theke begrüsst Augusto, als wäre er ein Stammgast. Diese italienische Intimität, denkt Augusto, bestimmt hat er noch Hemingway die

Hand gegeben. Ziemlich sicher denken dies alle Gäste. Augusto ist froh, dass sich nun alles endlich klärt. Höchstwahrscheinlich entpuppt sich die ganze Reise als Irrtum. Vielleicht ist es auch sein professioneller Urinstinkt, der sich immer nach einem Happy End sehnt. Dafür ist Harry's der richtige Ort. Augusto lässt seinen Blick durch den Raum schweifen. Das Lokal ist nicht nur gut besucht, es ist auch erstaunlich bieder. Nicht zu vergleichen mit den Ciprianis auf Ibiza, in Paris, Dubai oder New York, wo es sogar mehrere gibt. Aber gegen das Original ist alles ein Nichts, Hemingways Aura ist ein Qualitätsgarant. Arrigo Cipriani, der Sohn des Vaters, sitzt in der hinteren Ecke und smalltalkt mit einer älteren Amerikanerin, die verdammte Ähnlichkeit mit Hemingway hat. Vielleicht dessen Tochter oder zumindest eine, die sich als diese ausgibt. Plötzlich erstarrt Augusto, daneben sind zwei Personen in ein intensives Gespräch vertieft. Eine der beiden ist unverkennbar: Dr. Beat Pestalozzi. Sein gestreifter Ralph-Lauren-Flanellanzug mit blütenweissem Hemd und neckischem rotem Pochettli macht ihn zu einem Sergio-Ermotti-Double. Nur sieht er viel schlechter aus.

Beat scheint Augusto nicht wahrzunehmen oder tut zumindest so. Was Augusto gelegen kommt. Bereits ein zustimmendes Nicken zu Beat hätte er als Verrat an sich selbst empfunden. So viele Bellinis kann er gar nicht trinken, um Dr. Beat zu mögen. Schweizer in der Fremde sind immer Rivalen. Je weiter in der Ferne, desto grösser die Rivalität. Wie ein Schattenwurf von Salvador Dalí. Es ist die Kleinheit des Landes, das keine grossen Konflikte erlaubt. Dafür gibt es mehr Welt ausserhalb.

Augusto ordert an der Bar einen Gin; bei Harry's nicht ganz stilgerecht. Nur bei Hemingway drückte man ein Auge zu. Augusto platziert sich so, dass Beat nur seinen Rücken sieht. Das kann kein Zufall sein, denkt Augusto und nimmt einen langen Schluck Gin. Zur Beruhigung. Nun spürt er seinen eigenen Puls. Der Kellner lächelt ihm zu. Augusto blickt auf sein iPhone und inspiziert zur Ablenkung die Onlinedienste. Der Internetempfang ist erstaunlich gut.

Es macht den Anschein, als gäbe es nur noch ein Thema: den Besuch des amerikanischen Präsidenten in Venedig. Möglicherweise wird er noch bei Harry's auftauchen. Hemingway wäre sein natürlicher Widerpart. Doch momentan weilt er im Gritti, nicht weit von Harry's entfernt, und verhandelt mit der italienischen Regierung. Das Gritti war Hemingways Lieblingshotel. Doch vielleicht mag der amerikanische Präsident diesen egozentrischen Urmenschen mit seinem ungebremsten Todestrieb gar nicht.

Doch Venzinis Befindlichkeit ist momentan eine andere, angespannt inspiziert er die Türe. Eigentlich wäre er mit zwei, drei Schritten draussen in der Freiheit. Aber ein zweiter, gutgebauter Kellner hat sich direkt vor dem Ausgang platziert. Vielleicht ist es Zufall, vielleicht auch nicht. Er sieht auch nicht aus wie ein Italiener, mehr wie ein Amerikaner, der sich als Italiener tarnt.

Nun geht der Puls hoch. Der Inhalt der letzten SMS war klar, nur noch nicht herzukommen, wäre die schlechtere Option gewesen. Oder, Mister Capa? Die Zeit dehnt sich, mittlerweile ist es kurz vor drei. Im Spiegel, direkt hinter der Bar, sieht er, wie Beat mit angewinkelten Armen seinem Gegenüber zuhört. Fast eine Spur zu intensiv. Vielleicht tauschen sie sich über den Besuch des amerikanischen Präsidenten aus, ein ideales Thema, um sich nichts sagen zu müssen. Der Kellner füllt Augustos Gin-Glas erneut auf. Ungefragt.

Stammt «Tod in Venedig» auch von Hemingway?

Völlig unerwartet spürt Augusto einen bohrenden Stich, der von einem harten Gegenstand stammen muss, in seinem Rücken. Damit hat er nicht gerechnet. Doch schon beugt sich ein Schatten über ihn, und kühler Atem kräuselt sein linkes Ohr. Eine sonore Stimme: «Bitte keinen Aufschrei, Signor Venzini, gehen Sie Richtung Toilette.»

Instinktiv dreht er sich um, doch schon verstärkt sich der Druck auf seine Wirbelsäule.

«Signor Venzini, machen Sie keinen Ärger», flüstert die Stimme in gebrochenem Englisch, diesmal fast bittend. Der Männerkopf drückt sich langsam an ihn heran. So nah, dass er eine Alkoholfahne – standesgemäss Bellini – riechen kann.

«Ein Nachmittagstrinker», vermutet Augusto. Er ist überrascht, wie ruhig er bleibt. Sein Peiniger bleibt unsichtbar, er steht ausserhalb der Bildfläche des grossen Spiegels. Das Metallstück bohrt sich tiefer in Augustos Rücken. Nur keine unnötigen Schmerzen provozieren.

«Stehen Sie endlich auf.» Die Tonalität macht klar: Widerstand ist zwecklos. Langsam steigt Augusto vom Barhocker, nimmt seine Tasche und steuert den dunklen Gang an, der nicht nur als Garderobe dient, sondern auch zur Toilette führt. Dahinter erkennt Augusto eine Treppe. Kaum haben sie die Bar verlassen, lässt der Druck am Rücken nach. «Jetzt hoch», befiehlt die unbekannte Stimme. Augusto gehorcht. Es war definitiv ein Fehler, hierherzukommen. Nicht einmal Harry's konnte man trauen.

Im Lokal scheint niemand seinen Abgang bemerkt zu haben, jedenfalls folgt ihnen keiner.

Die beiden Gins scheinen aufs Haus zu gehen.

10.

Die First Lady hetzt über den San Marco. Sie hat sich eine blonde Perücke aufgesetzt und eine übergrosse Sonnenbrille, damit sie unerkannt bleibt. Doch diese Chance ist klein: Niemand erwartet eine rennende First Lady inmitten von Venedig. Ihr Double bewegt sich schwerbewacht auf einer Gondel auf dem Canale Grande, Nachmittagsprogramm für die Staatsdamen. Nicht einmal ihr Mann weiss, wo sie gerade ist. Doch dies interessierte ihn wohl kaum. Seine Front war eine andere. Er hatte beim Mittagslunch im Gritti Palace dem italienischen Ministerpräsidenten den Vorschlag gemacht, Venedig zu kaufen. Damit es nicht den Chinesen in die Hände falle. Der Ministerpräsident zeigte sich begeistert. Etwas anderes war vom ehemaligen TV-Mogul auch nicht zu erwarten. Dessen gestraffte Haut leuchtete im fahlen Gritti-Licht, als wollte er sich der irdischen Gesetzmässigkeit der Vergänglichkeit entgegenstemmen und jeden Strohhalm erfassen, um

Unsterblichkeit zu erlangen. Und sei es nur durch den Verkauf von Venedig. Das wäre der endgültige Sieg des American Way of Life, Las Vegas schluckt das Original.

Die First Lady flucht leise. Die Stadt ist doch grösser als in Erinnerung. Auf dem San Marco stehen einzelne Demonstranten herum, die noch vor wenigen Stunden gegen ihren Mann aufbegehrt haben. Die Schlacht ist geschlagen, jetzt wirken sie verloren auf dem grossen Platz. Die Polizei hat die Menge mit Gummigeschossen und Wasserwerfern aufgerieben, was angesichts des Dauerregens eigenartig wirkt. Doch in Venedig dreht sich alles ums Wasser. Viele Jahre war sie nicht mehr hier. Damals war sie noch unbekannt und träumte von der Modelkarriere. Ihr damaliger Freund, ihre grosse Liebe, hatte sie mitgeschleppt. Das übliche Programm: San Marco, Rialtobrücke, Guggenheim und zum Abschluss die Maciao-Bar, wo er sie mit Bellinis abfüllte. Am Ende waren sie so besoffen, dass sie sich schworen, nie mehr Bellinis zu trinken. Nur noch Gin. Irgendwann irrten sie betrunken durch die Stadt, um das Denkmal eines reitenden Renaissance-Fürsten aufzusuchen. Als sie dieses lange nach Mitternacht gefunden hatten, liebten sie sich auf den Stühlen einer Snack-Bar. Eine Nachbarin schrie: «Silenzio!» Es war wunderschön. Ein Zückerchen aus den tiefsten Tiefen ihrer Vergangenheit. Es scheint ihr, als wollte die Erinnerung sie damit foltern. Mittlerweile ist sie bei der Calle Vallaresso angekommen. Mit schnellem Schritt biegt sie in die enge Gasse ein und steuert Richtung Canale Grande. Den Kopf hat sie tief gesenkt, damit sie niemand erkennt. Sicher ist sicher. Nur noch wenige Meter bis Harry's. Sie blickt zum Himmel, weiterer Regen kündet sich an. Als gäbe es nicht schon Wasser genug.

11.

Venzini öffnet seine Augen. Alles verklebt. Zaghaft beginnt er zu blinzeln, zuerst langsam, dann immer schneller. Zumindest die Augen scheinen zu funktionieren. Es ist dunkel, nur durch die schmalen Ritzen eines geschlossenen Fensters dringt fahles Licht. Von draussen hört er gedämpfte Töne.

Wo ist er? Hat er geschlafen? Nur langsam kehrt die Erinnerung zurück. Wie still und vor allem unbemerkt er die Gaststube von Harry's verliess, forciert durch einen spitzen Gegenstand im Rücken. Als würde er von der Weltbühne verschwinden. Dann der Filmriss. Zumindest kein «Tod in Venedig», höchstens ein «Kleiner Zwischenfall in der Lagune».

Venzini hebt langsam seinen Oberkörper. Er spürt den Flaum einer Wolldecke, in die er eingepackt ist. Das leichte Kopfweh – vernachlässigbar. Wäre es eine Filmszene, würde er das Kino verlassen, das TV-Gerät abstellen oder das Netflix-Abo künden. Zu klischiert, zu unrealistisch. Sogar die Maxwell-Scott-Tasche steht neben dem Sofa, ein Kontrollgriff, alles da, sogar seine Leica. Draussen ein babylonisches Gewirr von Stimmen, ein Gemisch von Italienisch und Englisch, aber alles unverständlich. Venzini setzt sich auf, streicht sich langsam über das Gesicht. Seine Swatch zeigt 15 Uhr 30, er hat also sehr kurz geschlafen.

Behutsam öffnet sich die Türe. Zuerst nimmt er nur einen leichten Spalt wahr, dann mehr. Es blendet.

Eine Person, die nur als Schatten erkennbar ist, dreht sich nach hinten: «Er ist wach.»

Dann erscheint eine andere im Türrahmen, unverkennbar Dr. Beat Pestalozzi.

«Gut geschlafen, Herr Venzini? Wir mussten Ihnen ein kleines Mittelchen geben, damit Sie die verdiente Ruhe finden. Nichts Schlimmes, dafür wirkungsvoll.»

Bis jetzt hat Venzini gar nicht realisiert, dass auch Beat diesen penetranten Ostschweizer Dialekt spricht. Anders als bei den beiden Schaffhauserinnen von gestern Nachmittag empfindet er ihn jetzt nur noch als quälend. Da kann man noch so viel durch Zürich laufen und den Weltmann markieren, die grellen Obertöne bleiben wie Tomatenflecken auf einem weissen Brioni-Hemd haften. Dr. Beat, der Provinzclown, der seine ganze Provinzialität durch weltstädtisches Gebaren zu kaschieren versucht. Sogar jetzt – beim Showdown. Wie ein Gedankenblitz durchzuckt es Augusto, dass alle wahren Diktatoren aus der Provinz stammen. Hitler, Stalin, Beat. Auch Kim Jong-un war in Bern aufgewachsen, was nicht gegen seine Theorie spricht. Provinzialität durch Brutalität kaschieren. Doch jetzt, lieber Augusto, nicht aufsässig sein. Provokation wäre das Falscheste! Hinter seiner Leica kann er sich auch nicht verstecken. Als Fotograf hat er viele unangenehme Situationen erlebt: in Afrika bei den Kannibalen. Oder bei der Mafia in Tokio. Doch ein abruptes Karriereende im Kochtopf oder mit einer Kugel im Kopf scheint ihm weitaus angenehmer als eine Konfrontation mit seinem Schweizer Widersacher.

«Wie geht es Juliana?»

Warum gleich mit dem Unangenehmen beginnen?, denkt Venzini, antwortet aber: «Gut.» Er ist überrascht, wie gepresst seine eigene Stimme tönt.

Dabei weiss er es gar nicht genau. Er hat seit Tagen nicht mehr mit Juliana gesprochen. Er ist sich nicht einmal sicher, ob sie ihn vermisst. Vielleicht glaubt sie, dass er immer noch bei den Voodoo-Zauberern sei, vielleicht aber hat sie längst einen anderen Liebhaber.

«Übrigens, wo sind wir überhaupt?»

«Oh, Entschuldigung, Herr Venzini, es ging vorhin ein bisschen schnell. Im oberen Stock von Harry's, im sogenannten Hemingway-Zimmer. Hier soll er sich am liebsten aufgehalten haben. Sie kennen ja seine Bücher – «Tod am Nachmittag».

Augusto schluckt.

«Was soll ich aber hier?»

Dr. Beat lächelt, nähert sich ihm. So sehr, dass er seinen Atem spürt. Kein Bellini-Gout.

«Die Wahrheit aufdecken.»

«Welche Wahrheit? Wegen Juliana?»

Venzini schluckt.

«Nein, lieber Venzini, Juliana ist abgehakt. Ich spreche von der Wahrheit, Sie kennen sie. Dass Sie am 15. April

2019 in Paris die Notre-Dame angezündet haben.»

Venzini stockt.

«Warum soll ich die Notre-Dame angezündet haben?»

«Warum wohl? Um berühmt zu werden. Um in die erste Garde der Fotografen aufzusteigen, an der Unsterblichkeit zu lecken. Für ein bisschen Weltberühmtheit macht man alles. Sie waren als Erster an der Brandstätte, Sie haben die entscheidenden Bilder geschossen, Sie wurden vom französischen Präsidenten mit der Ehrenlegion, dem höchsten französischen Orden für grosse Verdienste, ausgezeichnet. Ins Leben gerufen von Napoleon persönlich. Erinnern Sie sich wirklich an nichts mehr?»

Dr. Beats Augen werden grösser. Nun kommt er Venzini ganz nahe:

«Jetzt habe ich Sie endlich. Sie haben mir meine grosse Liebe gestohlen. Meine Notre-Dame. Aber Sie haben den Franzosen das Allerheiligste genommen, ihre Notre-Dame.»

Beat legt eine Kunstpause ein. Seine Stimme wird ganz leise und auch sachlich.

«Auf solche Streiche stand in Frankreich übrigens bis vor wenigen Jahren die Todesstrafe. Sie haben also Glück und bekommen sogar lebenslang Brot und Wasser. Aber immerhin: Damit werden Sie unsterblich, als Brandstifter von Notre-Dame.»

Beat lächelt. «Aber nun lasse ich Sie noch ein bisschen ausruhen. Ich verstehe, der Schock ist gross, man wird nicht gerne enttarnt. Der amerikanische Präsident wird Sie übrigens dem französischen übergeben, als kleines Gastgeschenk. Um die transatlantischen Beziehungen zu retten. Das ist wichtig. Sie wissen, durch den möglichen Verkauf von Venedig an Amerika sind diese ein bisschen geritzt. Und als kleine Spitze: Es ist für den amerikanischen Präsidenten sicherlich eine Genugtuung, seinem französischen Amtskollegen den Notre-Dame-Brandstifter zu übergeben, nachdem Sie dieser bereits mit der Ehrenlegion ausgezeichnet hat. Eine kleine, ironische Spitze, die es in der grossen Politik manchmal gibt. Dessen vorlautes Benehmen geht ihm schon länger auf den Sack, obwohl er das Jüngelchen eigentlich mag.»

«Aber was habe ich damit zu tun?»

«Alles. Ohne Sie wäre die Notre-Dame nicht zerstört worden. Ein Glück, dass sie nicht eingestürzt ist.»

«Aber ...», stammelt Venzini.

«Aber, aber, mein Freund. Das wahre Leben kennt kein Aber. Die Faktenlage ist klar, Sie haben die Notre-Dame angezündet, damit Sie die besten Fotos machen können. Oder ist Ihnen einmal aufgefallen, dass niemand richtige Fotos vom Brand hat? Ausser von weiter Ferne in tausendfacher Vergrösserung und grobkörnig. Sie aber standen zur richtigen Zeit am richtigen Ort und konnten abdrücken. Kompliment, Kompliment: Ihre Bilder sind wirklich gut. Wahre Ikonen. Sie werden Sie zweifelsohne überleben. Immerhin das ist tröstlich.»

Ein Irrer, denkt Augusto. Aber ein gefährlicher.

Er bäumt sich auf.

«Und für den Fall der Berliner Mauer, Nine Eleven und den Tod von Lady Di soll ich auch verantwortlich sein?», schnaubt Venzini. «Und für den Kennedy-Mord wohl auch?»

«Werden Sie nicht sarkastisch», antwortet Dr. Beat, «eine Notre-Dame reicht. Als Schweizer soll man immer auf dem Boden der Realität bleiben – und dieser ist leider nicht sehr hoch. Im Gegensatz zum Notre-Dame-Brandstifter wissen wir nicht einmal, ob Wilhelm Tell wirklich existierte.» Diese Pointe entlockt Beat ein leichtes Lächeln, bevor er wieder ernst wird.

«Und bitte, unternehmen Sie keinen Versuch, diesen Raum zu verlassen. Überall hat es Sicherheitskräfte, CIA oder Serben, sie kennen Sie. Der Kollege, der Sie vorhin hochbegleitete, musste leider ein bisschen Druck ausüben. Sorry vielmals für diese Unannehmlichkeit.»

Dann steht Beat auf und glättet die grüne Flaumdecke über Augustos Körper. Kurz bevor er den Raum verlässt, dreht er sich nochmals um. Als wollte er damit eine besondere Wichtigkeit erzeugen.

«Sie fragen sich sicher, was ich mit der ganzen Sache zu tun habe. Sie wissen, Venzini, vieles im Leben ist Zufall. Ich bin Anwalt, Schweizer Anwalt, politisch neutral. Also ein Dienstleister. Nur der Gerechtigkeit und dem Kapital meiner Klienten verpflichtet. Als mich Juliana verlassen hat, wollte ich nichts mehr mit den Russen zu tun haben. Habe alle meinen russischen Mandanten gekündigt, was viel Geld kostete. Dafür habe ich mich den Amerikanern zugewandt.

In Zürich – das wissen Sie – gibt es deren viele. Ich war Botschafter von Instagram, Facebook, Twitter und natürlich Google. Und auf diesem Weg lernte ich die Amerikaner kennen. Es war reiner Zufall: Ich übernachtete bei der letzten Präsidentschaftswahl in Hershey, der Schokoladenstadt, im Hotel Hershey, dem grössten und imposantesten Haus der Stadt. Der Präsident, der damals noch Kandidat war, hielt im Eisstadion seine letzte Wahlkampfrede. Vor achttausend Leuten, ich dabei. Zwei Stunden nach der Veranstaltung trafen wir uns in der Bar des Hotels. Rein zufällig. Der Kandidat trank nur Wasser. Mit dabei die First Lady. Wir kamen ins Gespräch, sassen die ganze Nacht am Kamin und erzählten unser Leben. Von der slowenischen Pampa bis ins Weisse Haus. So entstand ein Kontakt, der bis heute nicht abgebrochen ist. Und plötzlich reifte in mir eine winzig kleine Idee: Ich schlage zwei Fliegen mit einer Klappe, zum einen kann ich den Amerikanern und auch den Franzosen bei der Suche nach dem Notre-Dame-Brandstifter helfen, zum andern kann ich mich – so en passant – bei Ihnen auch noch für Julianas Abgang rächen. Die Notre-Dame als Bastion, als Symbol unserer westlichen Werte. Vive la France ist gut, bella Italia auch, aber für unser Überleben zählt: America first!»

Beats Stimme wird immer lauter, bis er zu schreien beginnt.

Venzini rafft sich auf.

«Aber haben Sie überhaupt Beweise?»

Jetzt verfällt Dr. Beat in ein glucksendes Lachen.

«Beweise? Beweise brauchen wir nicht. Allein das Wissen, dass Sie der Täter sind, genügt.»

Augusto steckt seinen Kopf in die Decke und beginnt zu schluchzen. Hemmungslos. Beat dreht sich um, winkt nach hinten. Zwei Personen, diesmal Amerikaner, kommen herein, überwältigen Augusto und fesseln ihn an das Sofa. Er wehrt sich nicht.

12.

Die First Lady hat Harry's erreicht. Sie klopft an die Türe, ein schwarzgelockter Italiener öffnet. Möglicherweise ist es auch ein Serbe, wie das Sicherheitspersonal in vielen anderen Cipriani-Restaurants. Bei Cipriani scheint man ausschliesslich Serben zu trauen.

«Ist Herr Venzini da?»

«Oben im Hemingway-Zimmer», antwortet der weissgekleidete Kellner, ohne aufzublicken. Teilnahmslos mixt er einen Bellini. Es hat nur wenig Leute im Lokal. Niemand scheint sie zu erkennen, nicht einmal Hemingways Tochter oder deren Abklatsch. Sie unterbricht kurz ihr Gespräch, mustert die First Lady, um sich wieder Signor Cipriani zu widmen, der mit viel Theatralik und ausladenden Gesten weiterredet. Die Macht einer Perücke.

Die First Lady hastet die Treppe hoch, passt dabei aber auf, dass sie nicht über ihr weisses Calvin-Klein-Kleid stolpert.

Oben wartet bereits Beat. «Welcome, my Miss First Lady», sagt er. Wie schleimig Englisch tönen kann. Vor allem, wenn ein Schweizer spricht.

Die First Lady winkt ab. «Ist er da?»

«Ja», antwortet Beat. «Er ist drinnen, wir mussten ihn ein bisschen beruhigen.»

Galant öffnet er die Türe, doch die First Lady presst sich an ihm vorbei und betritt den Raum. Allein.

Alles ist abgedunkelt. Nur durch die Ritzen des Fensterladens dringt fahles Licht.

Venzini blickt von seinem Sofa auf. Schon wieder jemand. Hört dieses Affentheater gar nie auf? Wenn nur diese verdammten Handschellen nicht wären! Alles ist so schmerzhaft.

Die First Lady nimmt ihre Perücke ab, so dass ihre schwarzen Haare wieder erkennbar sind. Immer als Jackie-O-Attrappe durch die Welt zu hetzen, ist anstrengend.

«Augusto», sagt sie. «Erinnerst du dich?»

In ihrer Tonalität schwingt leichte Melancholie.

Seine Antwort aber ist ein personifiziertes Fragezeichen.

«Sind Sie nicht die amerikanische First Lady?»

«Du erkennst mich nicht?»

Augusto beginnt zu stammeln. «Sie sind die amerikanische First Lady ...»

«Ich bin Mel», unterbricht sie ihn. «Deine Exfreundin, die du wegen dieser Russin feige und abrupt verlassen hast.»

Venzini zuckt zusammen, der Name Mel sagt ihm nichts. Er hat ihn von seiner Festplatte, aus seinem fotografischen Gedächtnis gelöscht. Aus Scham. Als wollte er seinen feigen Abgang, sein Nichtmehrdasein, vor vielen Jahren ungeschehen machen.

Er hatte seit der ersten Begegnung mit Juliana keine Anrufe mehr von ihr entgegengenommen, alle flehenden SMS gelöscht und die E-Mails direkt in einen Spam-Ordner geleitet, bis sie für ihn inexistent war. Irgendwann hatte er sie ganz vergessen. Bis jetzt.

Plötzlich wird für Venzini alles zu viel. Sein Herz hämmert stakkatomässig. Es ist der blanke Horror. Er sitzt in Hemingways Lieblingszimmer, gefesselt, wird der Brandstiftung an der Notre-Dame beschuldigt und trifft auf eine ehemalige Freundin, die zur amerikanischen First Lady mutierte.

«Du erinnerst dich wirklich nicht mehr, Augusto?», säuselt Mel. «An unsere Zeit, wie wir uns in den frühen Morgenstunden beim Colleoni-Denkmal liebten? Ich habe meinem Mann vorgeschlagen, diesen Platz aufzusuchen, natürlich ohne zu sagen, warum. Doch die CIA riet davon ab, zu kompliziert, zu aufwendig.»

Langsam tauchen die Erinnerungsfetzen wieder aus den Tiefen von Venzinis Gehirn auf, aus einem verschwommenen Brei werden Konturen. Wie lange war es her? Er hört aus seinem Unterbewusstsein Joe Dassin: Il y a un an, y a un siècle, y a une éternité. Ein akustischer Flash.

«Und jetzt bist du die Gattin des amerikanischen Präsidenten?» Augusto wirkt völlig apathisch.

«Ja», antwortet Mel. «Das ist meine Rache an dir. Wenn schon gross, dann richtig gross. Eigentlich wollte ich mich nie auf diesen aufgeblasenen Immobilientycoon einlassen. Aber ich arbeitete, wie du weisst, in dessen Tower an der 5th Avenue, und er hat mich jeden Tag mit Geschenken überhäuft.»

«Und jetzt ist er Präsident ...»

«Jetzt ist er Präsident. Ich trieb ihn an, Präsident zu werden. Nur um dir eins auszuwischen, um dir zu zeigen, dass es noch Grösseres als einen Starfotografen gibt. Ursprünglich wollte er nicht einmal. Lieber die Nummer eins an der 5th Avenue als ein Sklave in Washington, war sein Credo. Doch schlussendlich konnte ich ihn überzeugen. Aber was nützt die beste Rache, wenn es der andere nicht einmal bemerkt?»

Venzini schweigt.

«Kannst du dich wirklich nicht mehr an mich erinnern? An unsere Zeit? Hast du alles verdrängt?»

Mel schaut ihm tief in die Augen. Venzini weiss, dass er auf diesem Terrain nur ausrutschen kann. Plötzlich sieht er, wie sich Mels Augen mit Tränen füllen.

«Und an unseren ersten Kuss vor der Notre-Dame?»

«Nein», antwortet Venzini. Wissend, dass ihm Mel nicht glaubt. Sogar der geniale Diego Maradona hatte in Neapel verdrängt, dass er Vater wurde. Selbst Götter sind nicht gegen menschliche Abgründe gefeit. Augustos Weltgesetz: Nur was auf Film gebannt ist, existiert. Ausser man hat es zum Mythos gemacht. Dieser lebt davon, dass keine Beweise existieren.

13.

Dr. Beat wartet vor dem Hemingway-Zimmer. Er schaut auf die Uhr – eine schwarze IWC Da Vinci, die letzte der Produktion. Ein Sammlerstück. Eigentlich ist es gefährlich, in Italien so teure Uhren zu tragen. Aber eine Swatch wie Venzini wäre ihm zu billig.

Schweiss perlt über seine Stirn. Die First Lady ist schon lange im Raum, verdammt lange. Dabei wollte sie ihren Ex-Lover nur noch einmal sehen.

Der Verlust von Juliana war sein beruflicher Aufstieg. Wahre Dialektik. Nachdem sie ihn verlassen hatte, beschloss er zwei Dinge: Zum einen wollte er nie mehr für die Russen arbeiten – und so arbeitete er ausschliesslich für deren Feind: die Amerikaner. So kam er in Zürich in Kontakt mit Google und Facebook, zwei Firmen, die ihr europäisches Headquarter in die Schweiz verlegt hatten. Dadurch geriet er in die Fänge der CIA. Zum anderen hatte er ein erklärtes Ziel: endgültige Rache an seinem Widersacher Augusto Venzini. Seine eigentliche Lebensaufgabe. «Ein Pestalozzi kann nicht immer der Pestalozzi sein», schwor sich Dr. Beat. Der Punkt war beinahe erfüllt, wenn nur die First Lady nicht dazwischenfunken würde. Und dies ausgerechnet in Venedig. Es war ein Fehler gewesen, sie aufzubieten. Doch sie hatte darauf beharrt, sie wollte Augusto noch ein letztes Mal treffen. Das hatte er ihr, damals in Hershey, versprochen. Unabhängig davon, ob ihr Mann Präsident werden würde oder nicht. Irgendwann, in jener langen Nacht im Hotel Hershey, begannen sie über ihre Lebensschicksale zu sprechen. Ihr Ehemann hatte sich längst verabschiedet und war ins Bett gegangen, amerikanischer Wahlkampf war anstrengend. Doch Mel war nicht zu bremsen. Nach zwei, drei Stunden – das Kaminfeuer war nur noch ein trostloses Geflacker – realisierten sie, wie ihre beiden Schicksale in einem winzig kleinen, aber entscheidenden Moment aufeinanderprallten und einen Urknall auslösten. Diese Überschneidung hatte einen Namen: Augusto Venzini. Ohne ihn wäre alles anders verlaufen.

Doch nun überkommt Beat das sonderbare Gefühl, dass sich die ganze Sache am Ende gegen ihn drehen könnte. Es sind zu viele Emotionen im Spiel. Er schaut um sich, die beiden Bewacher, die er eigens engagiert hat, stehen gelangweilt neben ihm. Von unten gedämpfter Lärm, das Lokal scheint gut besucht. Niemand scheint zu realisieren, was im Hemingway-Zimmer abgeht. Diskretion ist Harry's höchstes Gut. Er hat den Raum vor einer Woche für drei Stunden reserviert. Ein Fehler: Anderthalb Stunden sind bereits vergangen.

14.

Augusto mag nicht über seine Erinnerungslücken sprechen. Dafür ist die Situation zu ernst. Und überhaupt: Verdrängen ist nur ein Vergessen auf Zeit. «Ich habe die Notre-Dame nicht angezündet», sagt er flehentlich. Die First Lady schaut ihn ungläubig an. Doch als er ihr in ihre stahlblauen Augen blickt, wird alles klar und greifbar. Wie er Mel vor vielen Jahren vor der Notre-Dame erstmals küsste, ihre Nähe, ihre Sinnlichkeit. Wie er sie vor dem reitenden Colleoni zu früher Morgenstunde verführte, ihre unterdrückten Schreie. Ihr Ziel: weltberühmt zu werden. Als Model. Und dann sein feiger Abgang. Er ist alles: Liebhaber, Starfotograf und Charakterlump. Aber kein Brandstifter. Plötzlich erinnert er sich an die SMS wenige Stunden vor dem Brand: «In zwei Stunden brennt Notre-Dame.» Absender unbekannt. Eine Finte, ein Lockvogel. Der Versuch, ihn zu zerstören. Augusto versucht nach seinem Handy in der Hosentasche zu greifen, um es Mel zu zeigen. Aber seine Hände sind gefesselt, sie schaut ihn ungläubig an. «Augusto», flüstert sie, «ich muss gehen. Ich kann dir nicht mehr helfen.» Venzini schluchzt nochmals auf. Herzzerreissend.

«Gibt es keine Möglichkeit?»

«Nein», antwortet Mel. «Für dich nicht. Hättest du die Notre-Dame meinetwegen angezündet, wäre es eine andere Geschichte. Vielleicht aber auch nicht.»

Venzini verstummt. Die letzte Chance, die er noch hatte, entschwindet in diesem Moment.

Mel steht auch auf, wendet sich ab und mutiert wieder zur First Lady. Trägt sie Ralph Lauren oder Calvin Klein? Das ist nun wieder ihre Gewissensfrage.

Bevor sie den Raum verlässt, wirft sie ihm eine Kusshand zu. Selbst wenn er wollte, könnte er den Gruss nicht erwidern, seine Hände sind gebunden.

Manchmal sind sogar Wortspiele mehr als nur Spielereien.

«Bye, Darling», sagt die First Lady.

Dann stülpt sie sich ihre blonde Perücke über und verlässt das dunkle Zimmer.

Wenn nur nicht alles so theatralisch wäre, denkt Venzini. Dann sackt er in sich zusammen.

15.

Der Himmel weint. Sturzbachartig stürzt der Regen hinunter. Auf dem San Marco ohrenbetäubender Lärm. Die Tauben verstecken sich hinter den Balustraden. Die First Lady sieht nichts davon. Sie hetzt Richtung Gritti Palace, wo sie ihr Mann erwartet. Das Display ihres iPhones scheint sich in der Nässe aufzulösen. Trotzdem sieht sie, wie er sie mehrere Male anzurufen versuchte, ohne aber eine Message zu hinterlassen. Kullertränen netzen ihre Augen. Aber gegen den Regen haben sie keine Chance. Schlimmer wäre nur die Pest oder eine andere Pandemie, doch dies hatte man in Venedig längst überwunden.

16.

Augusto wacht auf, das Hirn hämmert. Eigentlich aber hat er das Gefühl, dass alles hämmert. Sein Körper ist zu einer einzigen Rave-Party geworden, einer menschlichen Street-Parade. Aber es sind nicht nur die Gefühle, die aufbegehren, sondern auch der Regen, der sintflutartig gegen die Wände knallt. Wenn nur diese verdammten Handschellen nicht wären. Noch nie hatte er sich so schlecht und schutzlos gefühlt wie in diesem Moment, und dies ausgerechnet in Hemingways ehemaligem Zimmer oberhalb von Harry's. Nicht einmal der Menschenfresserhäuptling konnte hier mithalten. Dabei war die Situation damals noch lebensgefährlicher und hoffnungsloser, ähnlich wie vor dem letzten Besuch bei Exit. Das Prinzip Hoffnung hat etwas Relatives.

Die Türe öffnet sich, Beat betritt den Raum. Was für ein erbärmliches Laientheater, denkt Augusto. Die einen gehen, die anderen kommen. Augusto realisiert, dass er noch nie allein Beat gegenübergesessen hat, eine Weltpremiere sozusagen. Und dies an diesem Weltort, in der Nähe des Weltpräsidenten mit seiner Weltgattin. Oh, wie kleinräumig alles ist, wie banal! Das ganze Leben ist eine Anhäufung von Begegnungen, die einmal besser, einmal schlechter enden. Jetzt ist definitiv der zweite Fall eingetreten. Verlieren gegen Dr. Beat ist unter seiner Würde, die Quadratur der Erbärmlichkeit sozusagen.

«Isch sie wägg?», fragt Beat in Dialekt. Eine letzte Anbiederung. Augusto realisiert, wie absurd es tönt, sobald zwei Schweizer in weiter Ferne schweizerdeutsch miteinander sprechen. Eine sonderbare Heimeligkeit im Weltengewühl breitet sich aus. Augusto nickt. «Ja.»

«Eine tolle Frau.»

«Eine tolle Frau.»

«Schade nur wegen ihrem Mann, diesem selbsternannten «stabilen Genie». Übrigens, glaube ich, wäre es einfacher, wenn wir uns duzten. Als Landsleute.»

Augusto schweigt. Nur nicht von Beats Avancen kaufen lassen. Zudem schmerzen die Handgelenke. Fast schon unterwürfig streckt er Beat seine Hände entgegen, in der Hoffnung, dass er die Fesseln löse.

«Tut mir leid, Augusto, ich habe keinen Schlüssel. Und selbst wenn ich einen hätte, täte ich es nicht. Zu gross ist das Risiko, dass du abhaust.»

Augusto spürt, wie er zusammensackt. Jetzt nur nicht die Würde verlieren, denkt er. Dieses einzige Mal nicht, das vielleicht das letzte Mal sein könnte.

Augusto schnauft durch.

«Und du hast alles inszeniert, damals in Paris ...»

Beat lächelt maliziös, hält sich – eine Spur zu theatralisch – den Finger vor den Mund, als wollte er damit andeuten, dass das Anwaltsgeheimnis auch in Todesnähe gälte.

Dann überwältigt ihn die Eitelkeit, jene Dr.-Beat-Schwäche, die ihn nie ein ganz grosser Staranwalt hat werden lassen. Dieses Prinzip Grosskotz, das in seiner vollen Intensität dem amerikanischen Präsidenten vorbehalten ist.

Aber vielleicht denkt er auch nur, dass das Spiel vorbei ist – zumindest für Augusto. Ein Anwalt mag Klarheit.

«Ja, Augusto, ich habe dir damals in Paris die SMS gesandt. Ich wollte dich zum Tatort locken. Alles hat funktioniert, ausser ...»

Beat stockt, als wollte er sich vergewissern, ob es richtig ist, alles zu erzählen.

«Ausser?»

Augusto hat sich auf dem Sofa aufgerichtet und starrt mit grossen Augen Beat an. Jetzt nicht stoppen, jetzt nicht, bitte nicht, denkt er. Er versucht gelangweilt zu wirken, aber es gelingt ihm nicht. Mit seiner Leica könnte er sich unsichtbar machen oder sich zumindest hinter dieser verstecken.

Beat scheint dies nicht mitzubekommen, er wirkt plötzlich völlig apathisch und abwesend.

«Und dies alles wegen Juliana», stottert er. «Es sind immer die Frauen.»

«Und du hast mich zur Notre-Dame gelockt, deswegen ...»

Beat nickt. «Damit ich vor dem Gebäude herumlaufe, wenn es brennt. Als Hauptverdächtiger sozusagen. Ich verstehe.»

Beat schweigt.

«Ich habe mich am Nachmittag des 15. April einer Touristengruppe angeschlossen, von der ich mich aber unbemerkt entfernte. Wir hatten gerade den grossen Innenraum der Kathedrale besichtigt, als ich nach draussen ging und über das Baugerüst auf den Dachstock kletterte. Unterwegs wollte mich ein Bauarbeiter aufhalten, als ich ihm aber tausend Euro in die Hand drückte, liess er mich weitergehen. Von weit oben sah ich dich mit deiner Kamera, auf den grossen Moment wartend. Da ahnte ich, dass es funktionieren könnte. Ich nahm das Stück Holz, das ich in meiner Tasche versteckt hatte, tränkte es mit einem Brandbeschleuniger und warf es gegen den Dachstock. Leider war alles morsch und brennbar. Schon nach wenigen Sekunden züngelten die ersten Flammen. Eigentlich sollte es nur ein ganz kleiner Brand mit sehr viel Rauch sein. Dummerweise kam völlig unerwartet eine Windböe, und mit einem Mal brannte das ganze Gebäude.»

«Und dann?»

«Dann flüchtete ich über das Holzgerüst nach unten. Buchstäblich in letzter Sekunde konnte ich das Gebäude verlassen. Sofort rannte ich in mein Hotel, wo ich mir den Brand von meinem Zimmer im Fernseher live anschaute. Glaub mir, Augusto, ich fühlte mich nicht gut dabei. Französisches Kulturgut, weg, einfach so.»

«Und der Bauarbeiter?»

«Der war nicht mehr da. Ich nehme an, dass er verschwand, nachdem ich ihm Geld in die Hand gedrückt hatte. Rückwirkend sein Glück, so kam er nie in Verdacht, er habe sich während des Feuers in der Nähe der Notre-Dame aufgehalten. Und ich habe ihn im Griff: Käme es raus, dass er sich mit tausend Euro bestechen liess, wäre er Frankreichs Staatsfeind Nummer eins.»

«Hast du noch was von ihm gehört?»

«Nein», Beat stockte, «also fast nein. Auf dem Latrinenweg habe ich erfahren, dass er wenige Tage später in der Nähe der Champs-Élysées von einem Mercedes angefahren worden sei. Ohne eigenes Verschulden. Ich nehme an, der französische Geheimdienst. Dieser fährt Mercedes, zur Tarnung. Selbst Johnny Hallyday wurde auf seinem letzten Gang in einem Mercedes die Champs-Élysées hinuntergekarrt. Und sogar Lady Di verstarb in einer Stuttgarter Karosse unter der Place de l'Alma. Die Franzosen haben einen Sinn für Perversion.»

Augusto schaudert, der Bauarbeiter tut ihm leid. Vielleicht steckte auch die CIA, der KGB oder der Mossad hinter dem Unfall. Geheimdienste operieren im Geheimen, das ist ihre Definition und auch ihr Auftrag. Vielleicht war es am Ende auch nur ein simpler Fahrfehler eines unbedachten Mercedes-Fahrers, der die Kontrolle über sein Auto verlor. Die Hoffnung stirbt manchmal wirklich zuletzt.

«Aber wo ist er jetzt?»

Beat zuckt mit den Schultern. «Angeblich liegt er in einem Spital, vollgepumpt mit Medikamenten. So jedenfalls hörte ich es aus amerikanischen Geheimdienstkreisen. Wenn es förderlich ist, führt man ihn als Brandstifter vor, wenn nicht, einen anderen. Er ist ein Täter auf Abruf.»

Augusto schluckt leer. Er ahnt, was kommen wird.

«Aber jetzt brauchen wir ihn ja nicht mehr, wir haben ja den richtigen Täter gefunden: Augusto Venzini, Starfotograf. Sein Motiv: persönliche Eitelkeit. Einer, der mit seinen Bildern ein Weltstar werden wollte.»

«Aber du hast nie damit gerechnet, dass dies wirklich der Fall sein könnte.»

«Ja, das war 1:0 für dich. Ich hatte mich wirklich geirrt: Eigentlich glaubte ich, dass man dich sofort verhaften würde. Einer, der seine Kamera permanent auf ein Gebäude richtet, das wenig später brennt, muss der Brandstifter sein. Doch ich habe dich unterschätzt, ich habe dich immer für einen kleinen Knipser gehalten, weltberühmt in Zürich. Dass die ganze Notre-Dame brennen könnte, hätte ich niemals gedacht. Wenn du willst, ein bedaulicher Betriebsunfall. Ich dachte, Gottes ureigenstes Gebäude sei resistenter. Doch ich täuschte mich: alles zweitklassige Bausubstanz, nur gebaut für die Inszenierung. Kaum gilt der Ernstfall, bricht alles zusammen.»

«Die Notre-Dame hat schlussendlich doch überlebt», röchelt Augusto.

«Überleben?» Beat schüttelt den Kopf. «Wer spricht von Überleben? Du?»

Augusto rafft sich mit letzter Kraft auf. «Du bist Quasimodo», stösst er mit letzter Kraft heraus.«Keine Klischees, Venzini. Auch in der letzten Stunde sollte man Distanz wahren.» Augusto fällt auf, wie sein fieses Jack-Nicholson-Lachen plötzlich sein ganzes Gesicht verzerrt.

17.

Die First Lady spurtet eine enge Gasse hinunter, von der sie annimmt, dass sie direkt zum Gritti Palace führt. Doch sie sieht wie alle anderen Gassen aus und führt nicht zum gewünschten Ziel. Spätestens jetzt ist ihr klar: Venedig ist vor allem eines: ein Labyrinth, ein fucking Labyrinth. Oh, hätte sie sich doch nie auf die Begegnung mit Augusto eingelassen! Wie ein Schluckauf drückt sich ihre Vergangenheit wieder schlagartig ins Bewusstsein, zaubert Gefühle hervor, von denen sie glaubte, dass sie längst erloschen seien. Augusto Venzini, der Fotomagier. Der immer Lächelnde. Und – sie wagt es gar nicht zu denken – ihre grosse Liebe. Gäbe es dieses Gefühl nur einmal im Leben, so wäre es jetzt. Der Regen peitscht Mel ins Gesicht. Das Handy hat längst seinen Dienst aufgegeben. Plötzlich verliert sie jegliche Energie, sackt zusammen, rutscht auf dem nassen Boden aus. Jetzt nur noch sterben, denkt sie. Doch unverhofft taucht ein bärtiger Mann über ihr auf. «Wohin müssen Sie, schöne Frau?» – «Zum Gritti Palace.» Dann verbessert sie sich. «Nein, zurück zu Harry's.»

18.

Der Präsident tigert langsam durch seine Suite. Wo ist
die First Lady nur? Nicht einmal der Sicherheitsbeamte
konnte eine befriedigende Antwort geben, Überwachung
zwecklos, ihr Handy sei abgestellt. Die letzten Signale
vom San Marco. Was nichts heisst, da in Venedig alles am
San Marco endet. Oh, diese First Lady. Wie zickig sie doch
in den letzten Monaten war. Dabei hatte er sie aus der
Gosse herausgeholt, aus dem schlimmsten Ort der Welt
überhaupt: aus seinem Shop in seinem hauseigenen Tower
an der 5th Avenue. Aber Dankbarkeit war nie ihre Kern-
kompetenz. Vielleicht muss er jetzt einfach mal reagieren,
als Ehemann und Ernährer. Und jetzt noch dieser Regen!
Wie hasste er dieses Wetter. Am liebsten wäre er jetzt in
Mar-a-Lago, seinem Zweitwohnsitz. Golf in strahlendem
Sonnschein. Und überhaupt: Jetzt hat noch diese Greta,
dieser Umweltfratz, ihr Erscheinen angekündigt. Da war
klar: PR-mässig würde er gegen diese Kleine nur die zweite Geige spielen. Da hätte er keine Chance. Dabei hegt
er für Greta leichte Sympathie. Ist sie doch – neben ihm
– die einzige Person, die die Welt ein bisschen verändert
hat. Das verdient Respekt, aber keinen lauten. Er sieht sie
bereits, wie sie auf dem überfluteten Markusplatz über die
Klimakatastrophe sinniert. Als wäre dieser Platz noch nie
überflutet worden. Es ist ja fast schon die DNA, die Exis-
tenzberechtigung des San Marco, unter Wasser zu stehen.
Und überhaupt, dieses Gritti, ein grauenhafter Palast.
Hemingway soll hier gewesen sein, dieser Tiermörder, der
alles abknallte, was nicht davonrennen konnte. Es erinnert

ihn an seine Söhne, die immer wieder in den sozialen Medien mit erschossenen Bären und Elefanten posieren, als wollten sie bewusst sein Image zerstören. Wenn sie immerhin so schreiben könnten wie Hemingway! Nur dessen Adjektivaversion ist ihm suspekt, dieses permanente «Reduce to the max». Im richtigen Leben kann es doch nicht opulent genug zugehen. Der Präsident ist sauer. Doch der wahre Grund für den präsidialen Missmut: Sein Vertrauter, der italienische Ministerpräsident, dessen Gesicht wie ein viel zu kleines Leintuch gestrafft ist, hat ihm erklärt, dass er Venedig nicht den Amerikanern, sondern den Chinesen verkaufen müsse. Den Chinesen! Aus Rücksicht auf den Papst, der ein erklärter Amerika-Hasser sei. Und ein bisschen habe auch noch die Camorra mitgeredet. Das Gesicht des amerikanischen Präsidenten färbt sich dunkelrot. Da konnte dieser kleine Zwerg zur Ablenkung noch lange von leichtbekleideten Girls in seinen TV-Shows schwärmen. Der Präsident greift zum Telefon. «Wir fliegen zurück», befiehlt er seinem Protokollchef. «Und zwar sofort.» – «Ohne die First Lady?» Der Präsident hält für einen kurzen Moment inne. «Sie wird uns später folgen.» Rarmachen ist die Devise.

Einige Minuten später hebt praktisch unbemerkt ein amerikanischer Militärhelikopter beim Gritti Palace ab. Der Präsident wirft einen letzten Blick durch die engen Luken und sieht, wie die Inselstadt langsam im strömenden Regen versinkt. «Not my city», hämmert er auf seinen Twitter-Account. «Was ertrinkt, ist mir suspekt.»

19.

Es ist kurz vor fünf, als die First Lady bei Harry's ankommt. Zum zweiten Mal innerhalb kürzester Zeit. Der bärtige Italiener hat sie in den Arm genommen und zum Restaurant geschleppt. Kaum beim Restaurant, setzt er sie vor der Pforte ab. «Troppo costoso», murmelt er und zeigt auf das Lokal. Dann verschwindet die venezianische Version von Pfarrer Sieber wieder im strömenden Regen. Mel streckt ihre linke Hand zur Klingel hoch, rutscht aus und versucht es noch einmal. Endlich kann sie sie betätigen. Die schwarze Perücke ist verrutscht, das weisse Calvin-Klein-Kleid mittlerweile so von Nässe durchsetzt, dass die teure Spitzenunterwäsche hervorsticht. Den amerikanischen Militärhelikopter über ihrem Kopf nimmt sie gar nicht wahr, zu erschöpft ist sie. Ihr Glück ist ein italienischer Kellner, der die Türe öffnet. Dieser ist nicht einmal überrascht, die First Lady erneut zu sehen. Eine knappe Bewegung mit der Hand: «Kommen Sie rein, es ist nass draussen.» Die First Lady stürzt mit letzter Kraft in das Lokal.

«Where is Augusto?» Als hätte man sie überhört, schreit sie nochmals: «Where ist Augusto?»

Der Kellner zeigt wortlos nach oben, die First Lady hetzt die enge Treppe hinter der Garderobe hoch und stürmt in das Hemingway-Zimmer, wo Dr. Beat gerade im Begriff ist, ein bräunliches Fläschchen zu öffnen, um dessen Inhalt dem wehrlosen Augusto einzuträufeln. «Stopp!», schreit sie, «Stopp!»

Erschreckt schaut Beat auf, doch in diesem Moment

hat ihm die First Lady bereits die Flasche aus der Hand gerissen und sie unter das Sofa geknallt. Dann stürzt sie sich auf den wehrlosen Beat und drückt ihm beide Hände nach hinten, bis es knackt.

Augusto schaut dem ganzen Treiben völlig entgeistert, fast schon apathisch zu.

Mel zeigt auf dessen Handschellen und schnauzt Beat an: «Öffnen, und zwar subito!» Völlig widerstandslos zieht der verdutzte Anwalt einen kleinen Schlüssel aus der Hosentasche, drückt ihn in das Schloss der Handschellen und befreit Augusto von den lästigen Fesseln. Dessen Hände sind mittlerweile blutleer und ganz weiss angelaufen. «Steh auf!», schreit Mel.

Zwei bullige Personen – Typ GI aus dem Mittleren Westen – betreten den Raum. Ihr Auftritt ist bestimmt, das personifizierte Selbstvertrauen einer Weltmacht: America first, doch sie beide noch ein bisschen firster. Der bulligere tritt nach vorne: «Stopp, stopp, stopp, was ist hier los? Lassen Sie Dr. Pestalozzi sofort los!» Am Gürtel lacht ein grosskalibriger Revolver, Typ Smith & Wesson M 28-2.

Augusto weiss: Damit ist nicht zu spassen.

Die First Lady dreht sich wutentbrannt um. «Und ich bin die First Lady der Vereinigten Staaten und bitte Sie, sofort den Raum zu verlassen.»

In den fleischigen Gesichtern der beiden Sicherheitsleute ist leichte Irritation erkennbar, dann treten sie einen Schritt zurück.

Gegen die Brachialpower einer First Lady hat selbst eine Smith & Wesson M 28-2 keine Chance. Sogar im

Zimmer Hemingways, des grössten Waffennarrs der neueren Geschichte.

Mel zieht Augusto zu sich: «Komm.»

Dieser, wieder von den Lebensgeistern geküsst, robbt, von den anderen unbemerkt, fast schon reflexartig unter das Sofa und klaubt das bräunliche Fläschchen hervor, dessen Inhalt ihm Dr. Beat soeben noch verabreichen wollte. Er steckt es in seine Maxwell-Scott-Tasche, seinen ledernen Talisman. Ein kurzer Blick auf die Etikette, ein Name, der ihm nichts sagt: «Nesra». Verwundert liest er den Namen. Von vorne – und auch von hinten.

Doch schon greift die völlig durchnässte Mel nach Augustos Arm und zieht ihn am verdutzten Dr. Beat und den beiden belämmerten Smith&Wesson-Trägern vorbei zur schmalen Treppe. Mit letzter Kraft schleppt sie den geschwächten Fotografen in den unteren Stock. Der Kellner, noch immer hinter der Bartheke stehend, blickt nicht einmal auf, als die beiden an ihm vorbeiziehen. Mel öffnet die Türe von Harry's und bugsiert den erschöpften Augusto in die Calle Vallaresso hinaus. Nur noch wenig Regen, dafür schwappt das Wasser bedrohlich vom Canale Grande in die engen Gassen hinein. Mel zieht Augusto mit unbändiger Kraft Richtung San Marco.

«Wie heisst dein Hotel?», schreit sie.

«La Fenice», stammelt Augusto, froh, dass er dessen Namen noch weiss. Wie viele gefühlte Jahrhunderte sind vergangen, seit er letztmals dort war? Eine Ewigkeit oder zwei? Oder nur ein verlängerter Nachmittag?

Ganz Venedig scheint im Wasser zu versinken. Ein unvorstellbares Chaos, Augusto zittert am ganzen Körper.

Doch die First Lady beweist eine Coolness, wie sie nur Frauen in Extremsituationen haben.

Die First Lady, ganz kurz von der Last befreit, First Lady zu sein, entwickelt in der Stadt der Überlebenden einen unheimlichen Überlebensdrang. Jetzt zeigen die Gene der osteuropäischen Souvenirverkäuferin mit ihrem ungestillten Drang nach oben Wirkung.

Irgendwann kommen sie beim Fenice an, für Augusto ein kleines Weltwunder.

Die Wirtin reicht ihnen trockene Kleider. «Wenn ich nicht wüsste, dass der amerikanische Präsident vor zwei Stunden abgereist wäre, würde ich Sie direkt für die amerikanische First Lady halten», sagt sie lachend.

«Er ist abgereist?», fragt die First Lady ungläubig.

«Sì, sì, mit dem Helikopter.»

Mel schweigt und schaut Augusto vielsagend an.

Er weiss: In diesem Moment hat sich sein Leben grundlegend verändert. Und sie weiss: das ihrige sich auch. Der Verlust von Macht ist wie eine Amputation, die nur durch Liebe ersetzt werden kann.

20.

Venedig ist nicht wie der Himmel über Berlin. Das Wasserboot brettert durch die Lagune, die Gischt spritzt gegen den Bug, vor sich das offene Meer. Weit hinten – kleiner werdend – die Konturen der Lagunenstadt, während sich das weisse Schnellboot immer mehr Mestre annähert.

«Viva l'Italia!», sagt Augusto, in diesem Moment nicht unfroh, dass seine Vorfahren aus Italien stammen.

«Viva l'Italia!», antwortet die First Lady. Vielleicht denkt sie kurz an ihren Ehemann, der längst in Mar-a-Lago Golf spielt. Sie hat nichts mehr von ihm gehört, ihre SMS blieben unbeantwortet.

Augusto Venzini kneift die Augen zusammen. Der Fahrwind streift sein Gesicht, nicht zärtlich, fast schon brutal. In diesem Moment möchte er nirgendwo anders sein. Zärtlich küsst er Mel auf die Stirn. Er verspürt immer noch diesen winzig kleinen Respekt, diese fast unsichtbare Hemmschwelle, wenn man die mächtigste Frau der Welt in seinen Armen hält. Mel lächelt verträumt. Die ganze Anspannung ist aus ihrem Gesicht gewichen. «Augusto», flüstert sie und dehnt das O langsam nach oben. Ein phonografisches Wunder: «Augustooo.» Auf ihrem T-Shirt die knallrote Aufschrift «Venezia».

Auf der Gegenfahrbahn rast ein Ruderboot herbei, die Schläge im Gleichklang. Langsam aus dem Nichts auftauchend, immer schneller kommend, bis die beiden Boote auf Augenhöhe sind und die Zeit für einen kurzen Moment einfriert. Am hinteren Ende, auf dem Platz des Steuermanns, eine junge Frau, die mit apathischem Blick auf die Silhouette von Venedig starrt. Augusto nimmt seine Leica hervor, fixiert, knipst ab. Die First Lady dreht sich zum Fahrer. «Wer ist das?»

«Greta», antwortet dieser knapp und streift über seine dunkle Sonnenbrille, als wäre er in seiner italienischen Macho-Ehre persönlich verletzt, dass bereits Kinder seine Heimatstadt retten müssen.

Augusto schluckt. Gleichzeitig weiss er, dass die Welt niemals mehr so unschuldig sein wird wie an diesem heissen Julitag. 2019 war der Beginn der grossen Zeitenwende. Irgendwann wird man sehnsüchtig an die Zeit zurückdenken, als ein kleines schwedisches Mädchen die Welt für einen winzig kleinen Moment aus den Fugen warf, denkt er, dreht sich um, macht zwei, drei Schritte nach hinten und legt seine Hand voller Zärtlichkeit auf die Schulter der First Lady.

C'est Venise pour l'éternité
Venise qui meurt jamais
Comme l'amour dans tout le monde entier
C'est Venise per l'eternità
Venise non morirà
Come il nostro amore senza età
C'est Venise pour l'éternité
Venise qui meurt jamais
Comme l'amour dans tout le monde entier

Teil 3: Werden

1.

Augusto Venzini tritt aus der kleinen Alphütte, die er von seinem Vater geerbt hat, und blickt in die Talebene. Tief unter ihm liegt Splügen. Irgendwo – in weiter Ferne – glaubt er im Alpenlicht jenen italienischen Dreitausender mit seiner Monsterantenne zu sehen, von dem aus in den siebziger Jahren ein illegaler Radiosender Zürich bestrahlte und damit eine kleine Revolution auslöste. Wie weit liegt dies alles zurück, noch viel weiter als dieses Wochenende in Venedig. Ein Frühsommertag im Jahre 2025. Nun ist er beinahe sechs Jahre hier, geflüchtet vor der grossen Pandemie, die die Welt total veränderte, zurückgezogen in die Bündner Alpen, wo es weder Menschen noch Viren gibt. Nur manchmal streunt ein Wolf durch die verlassene Gegend. Aber es ist so, als hätte sich dieser mit Augusto angefreundet. Immer in Vollmondnächten schleicht er um dessen Hütte und beginnt zu jaulen. Ein tiefes, langgezogenes Heulen, als wollte er damit markieren, dass er nicht der einzige Wolf in dieser gottverlassenen Gegend sei. Einsame Wölfe finden sich immer, denkt dann Augusto und drückt sich an Mels warmen Körper. Es wundert ihn, wie furchtlos sie ist. Wie viele echte Freunde ausser dem Wolf hat er noch? Wenige. Vielleicht Giovanni. Der Senn nimmt einmal in der Woche den beschwerlichen Weg zur Hütte, um Augusto und Mel mit Alpkäse, Milch und

Fleisch einzudecken. Giovanni freut sich immer, wenn sich Mel vor der Hütte sonnt. Jeder mühsame Aufstieg muss belohnt werden. Als Jäger und Sammler hatte sich Augusto nicht bewährt, bei Tieren jedenfalls. Sein erster Versuch, ein Reh zu schiessen, war gescheitert. Kurz bevor er abdrückte, brach er hinter dem Gewehr weinend zusammen und richtete den Lauf sicherheitshalber nach oben, sollte sich doch noch ein Schuss lösen. Das Reh flüchtete. Hemingway wäre dies nicht passiert. Auch all den anderen lüsternen Tiermördern nicht, die im Herbst die Bündner Berghöhen erklimmen und vorgeben, damit den Tierbestand zu retten. Tiere töten war nicht Augustos Ding, seine Devise heisst leben. Er hat sich wenig verändert, nur seine Haut ist durch das Sonnenlicht dunkler geworden. Sein ganzer Kosmos fokussiert sich nun auf diese kleine Hütte auf der Alp Tambo. Kein New York, kein Venedig, kein Paris mehr. Das Loft in Westend hat Reisebuchverleger Manni M. übernommen, dessen Urtraum eine Zweitabsteige in Zürich war. Mit Blick auf die benachbarten Tower und die überdimensionierten Satellitenschüsseln des lokalen TV-Senders, die sich vom Nachbargebäude gegen den Himmel recken und den Anschein von CNN und Al Jazeera erwecken. Sogar im Internetzeitalter, in dem man keine grosskotzigen Sendeanlagen mehr benötigt. Bei deren Anblick fühlt sich Manni M. ein bisschen wie Citizen Kane – in Neuauflage. Nur ohne Orson Welles. Augusto kehrt in die Alphütte zurück. Mel schläft noch, wie immer. Sie wirkt völlig entspannt, die Schweizer Berge tun ihr gut. Das Leben, als sie noch First Lady war, ist weit zurück. Von ihrem Mann hatte sie seit dessen

Abwahl nichts mehr gehört. Und jetzt lebt sie hier – weit weg vom morbiden Washington – von Luft und Liebe, wobei beides ausreichend vorhanden ist. Doch in den MeToo-Zeiten ist ein solcher Gedanke undenkbar. Augusto hat sich vom Weltengeschehen verabschiedet: Die Alp Tambo ist zu seinem neuen Universum geworden. «Ich habe genug Realität gesehen», sagt er sich. Jeden Morgen nimmt er seine Kamera und fotografiert Mel. In allen Situationen. Sein Weltersatz. Der Name des Projekts: «TWO». Kaum hat er sein Tagewerk beendet, drückt hinter seinen Bartstoppeln das neckischste Venzini-Lächeln hervor. Als suchte er damit Liebe und Anerkennung. «My little Alpöhi», sagt Mel daraufhin und streichelt seinen behaarten Kopf. So viel Idylle, so viel Ritual ist kaum zu ertragen.

Anfänglich hatte sich Augusto noch gefürchtet, ein Opfer der CIA, des KGB, des Mossad, des chinesischen oder vielleicht sogar des Schweizer Geheimdienstes zu werden. Letzteres war zwar absurd, aber trotzdem möglich. Um dann definitiv ins Fotografen-Nirwana aufzusteigen: zu all den Newtons, Franks, Capas, Lindberghs. Dazu verspürte er noch zu wenig Lust, Unsterblichkeit ist immer second option. Zudem sollte man Gott auch nicht unnötig provozieren. Einmal schon, 2019, war ihm das Schicksal gnädig gestimmt gewesen. Fast hätte er wegen dieser Notre-Dame sein Leben gelassen, aber das andere Verdikt wäre noch schlimmer gewesen: Entführung der First Lady der Vereinigten Staaten, des weiblichen Vorzeigesymbols der Weltmacht schlechthin. Und zugleich eine Blossstellung des damaligen Präsidenten, wie es nicht

einmal der dauerpubertierende nordkoreanische Grossvor-
sitzende aus einem Berner Vorort geschafft hat. Nicht jede
Drohne muss ein Engel sein. Vor allem eine amerikanische
nicht. Vielleicht war es Augustos grosses Glück, dass der
Präsident ein Jahr nach Venedig abgewählt wurde. Völlig
überraschend. Als hätte Gott die Notbremse gezogen und
ihn mit der Pandemie im letzten Moment von der Weltbühne gestossen. Damit wurde Augusto definitiv aus seinem Fokus rauskatapultiert und die First Lady plötzlich
zur Ex-First-Lady. Es gibt nichts Bedeutungsloseres als
einen Expolitiker. Macht ist auch Momentum. Mel hatte
mit ihrem Ehemann seit Venedig keinen Kontakt mehr,
und seit seiner Abwahl ganz sicher nicht mehr. «I don't
like losers», flüsterte sie, als wollte sie damit die Diktion
ihres Ex-Mannes imitieren. Da er auch keine Loserinnen
mochte – die ehemalige First Lady zählte er wohl dazu –,
unterblieb jegliche Tuchfühlung. Aber Augusto? War er
für sie auch ein Loser? Mel schien seine Gedanken zu er-
raten und übertünchte die kurze Peinlichkeit mit einem
schrillen Lachen. «No, Augusto», sagte sie. Als wäre der
grosse Venzini eine Loser-Ausnahme. Venzini nahm es mit
Gelassenheit. «Lieber ein graues Haus in den Swiss Moun-
tains als ein weisses in Washington», hauchte sie jeden
Abend, als wollte sie ihn von ihrer Aufrichtigkeit überzeugen. Doch dies brauchte sie nicht.

So viel Coolness hatte er nicht immer. In den ersten Monaten auf der Alp suchte Augusto über sein iPhone die
Meldung, dass die First Lady vermisst werde. Aber es war
nichts zu finden, obwohl die mediale Überpräsenz ihres

Gatten erschlagend war. Irgendein Impeachment-Verfahren wegen einer undurchsichtigen Korruptionsgeschichte, irgendeine Einweihung eines Mauerstücks an der mexikanischen Grenze, irgendein salopper Tweet, dann die Pandemie, die die ganze Welt lahmlegte. Die Welt hat während vier Jahren die Übersicht völlig verloren. Es gab kein Entrinnen: Als sein britischer Amtskollege den gleichen Coiffeur und dasselbe Shampoo wählte, war die gelbe Überdosis total. Für einen Schwarz-Weiss-Fotografen der totale Albtraum.

Und Juliana? Seit seiner überstürzten Abreise nach Venedig hatte er nichts mehr von ihr gehört. Und das ist doch verdammt lange her. Kurz nach seiner Ankunft auf der Alp Tambo hatte er ihr noch geschrieben, dass er nach den ganzen Afrikastrapazen noch einen kurzen Abstecher nach Venedig eingelegt habe. Zur Entspannung. So wie es bei Hemingway Usus war. Wegen des starken Regens könne er aber die Stadt nicht mehr verlassen. Eingeschlossen in der Lagune – grauenhaft. Zumindest sei aber Regen nicht ansteckend. Dr. Beats und Mels Anwesenheit erwähnte er damals selbstverständlich nicht. Augustos SMS blieb unbeantwortet. Eigentlich hatte er von Juliana nichts anderes erwartet, echte Russinnen haben ein Sensorium für Fake-News. Eine zweite SMS hatte er nicht mehr gesandt. Trotzdem war Venzini wie auf Nadeln, hoffte auf ihren Anruf und fürchtete sich gleichzeitig davor. Sogar im Liebesakt mit Mel starrte er mit einem Auge auf das iPhone, als könnte er etwas verpassen. Irgendwann beschloss Augusto, auch Juliana aus seinem Gedächtnis zu streichen, andere Alternativen gab es nicht. Höchstwahrscheinlich hatte sie längst einen anderen Mann oder Liebhaber, vielleicht einen Fotografen, der auf Farbtöne stand. Irgendwie war dies tröstlich. Möglicherweise war es ein Macho, ein handfester Marlboro Man und kein Camel-Trophy-Fahrer, der immer noch das Gefühl hatte, jede Welten-Rallye absolvieren zu müssen. Doch solche Typen waren retro. Wie soll der Marlboro Man bei einem globalen Rauchverbot überleben? Irgendwann war der Name Juliana in der endlosen Taiga seines Gedächtnisses verschwunden.

Plötzlich zuckt Venzini zusammen. Unterhalb der Alp glaubt er eine Person zu erkennen, die sich mit zielstrebigem Schritt zwischen den Eringerkühen durchzwängt. Als wäre sie unverletzbar und gefahrenresistent. Es ist weder Giovanni noch ein Jäger, auch kein verirrter Wanderer.

So läuft nur ein Schweizer, denkt Venzini. Er versucht, cool zu bleiben, spürt aber, wie sein Herz pocht. Er hat in den letzten Jahren ein untrügliches Gefühl für Gefahren entwickelt. Die Leichtigkeit, die er beim Brand der Notre-Dame noch hatte, ist erloschen. Nun ist er auf Überlebensmodus getrimmt. Soll er die Schusswaffe seines Vaters holen, die er trotz des untauglichen Jagdversuchs immer noch im Keller seiner Alphütte aufbewahrt – als Ultima Ratio? Soll er sich in sein privates Reduit zurückziehen, um sich auf einen Abwehrkampf vorzubereiten? Augusto wiegelt ab. So schweizerisch ist er geworden. Ein Leben lang hat er sich dagegengestemmt, seine Italianità hervorgehoben, betont, dass er Augusto heisse und nicht August. Dieses O, diese Chinese Wall zwischen Bieder- und

Leichtigkeit. Und nun ist er zum Pragmatiker geworden. Venedig hat ihn wirklich verändert.

Die Person nähert sich mit strammem Schritt der Hütte, als gäbe es keinen anderen Weg. Den Hut tief ins Gesicht gezogen, als wollte sie sich damit unsichtbar machen.

Kein Schnaufen ist zu hören, keine Erschöpfung erkennbar.

Plötzlich steht sie vor Augusto, nimmt den Hut ab.

Dr. Beat Pestalozzi.

«Du?»

«Ich.»

«Dich hätte ich nicht erwartet.»

Pestalozzi lächelt. «So spielt das Leben. Übrigens, bevor ich mich setze: Bist du bewaffnet?»

Augusto tritt völlig perplex einen Schritt zurück.

«Warum sollte ich es sein?»

Zugegeben, es sind ihm auch schon originellere Antworten eingefallen. Doch Schlagfertigkeit ist vor allem ein Produkt des Augenblicks.

«Ja, warum solltest du es sein? Wir Schweizer sind kampfunerprobt, seit fünfhundert Jahren kein Krieg mehr.»

Beat lächelt über seinen Versuch, einen Scherz zu machen. Nun quillt doch ein Schweisstropfen über sein Nivea-gestähltes Gesicht. Der Aufstieg machte ihm – obwohl er es nie zugeben würde – zu schaffen. Das Alter, dieses verdammte Bremsmittel, das ewiges Leben verunmöglicht. Da bleibt – als Trost gewissermassen – nur noch die Unsterblichkeit. Doch diese, so hatte Dr. Beat schon während seines Studiums erkannt, war jenes Karriereziel, dessen Erreichbarkeit ausserhalb der eigenen Möglichkeit liegt.

«The Hill We Climb», sagt Augusto, nicht nur um die Spannung zu lösen, sondern auch um Beat wieder in die Gegenwart zurückzubringen. Dieser war – auch wenn es lange zurücklag – zu einem Teil seiner persönlichen Geschichte geworden, ja seiner eigenen DNA.

«Wie bist du damals aus Venedig herausgekommen, Beat?», fragt Augusto mit investigativem Unterton.

Nun verfällt Pestalozzi in ein lautstarkes Lachen, eine Mischung aus Erschöpfung und ernsthafter Heiterkeit.

«Das ist aber doch sehr lange her, mein lieber Augusto. Über fünf Jahre. Zudem vergisst du, ich bin Anwalt. Und ich weiss: Jedes Hochwasser zieht sich zurück. Auch in Venedig. Das ist ein Weltgesetz. Was im folgenden Jahr kam, war weitaus schlimmer. Diese verdammte Pandemie. Aber damals war ich längst wieder in Zürich. Bevor ich es vergesse: Ich wohne jetzt in deinem Loft im Zürcher Industrieviertel. Ich konnte es von diesem lustigen Reisebuchverleger übernehmen.»

Venzini zuckt unmerklich zusammen. Dieses Loft, sein Loft, ist neben der Hütte auf der Alp Tambo wohl der schönste Ort der Welt. In Sichtweite einer überdimensionierten Satellitenschüssel eines TV-Senders, der längst nicht mehr sendete.

«Aber jetzt bin ich in offizieller Mission hier; als Vertreter des amerikanischen Präsidenten.»

«Des amerikanischen Präsidenten?»

Pestalozzi lächelt.

«Hast du wirklich nichts von der Welt mitbekommen? Du, der einstige Weltreporter? Bist du so vernarrt in deine Mel, dass du das ganze Weltgeschehen aus deinem Gedächtnis gestrichen hast? Ja, es gibt auch ein Leben, eine Realität ausserhalb der Alp Tambo. Der Präsident ist wieder Präsident. Das grösste Comeback in der amerikanischen Geschichte. Das Schicksal hat ihm sogar seinen kläglichen Abgang vor vier Jahren verziehen, als er sich wie ein trotzendes Kleinkind gegen seine Wahlniederlage wehrte. Ein Sisyphos, der sich gegen einen Stein namens Realität stemmte, und selbst als dieser ihn überrollte, immer noch glaubte, er könnte dessen Weg beeinflussen. Amerika mag keine Verlierer. Doch wie heisst es so schön am Broadway: Eine gute Show endet niemals. Joe war zwar gut und auch nett, aber am Ende doch zu sleepy. Und die Russen, die Chinesen und vor allem die Medien, die plötzlich keine Auflagen, keine Klicks und Einschaltquoten mehr hatten, wollten ihn zurück. Sogar die Manager vom Davoser WEF, diese selbsternannten Weltenlenker, die ihn zweimal wie pubertierende Teenager in der klaren Bündner Bergwelt empfangen hatten, wünschten ihn wieder auf der ganz grossen Bühne. Ohne dies laut auszusprechen selbstverständlich, alles inkognito. Als Aufmerksamkeitsgarant, als mediales Dauerhappening. Die Welt kennt keine Moral, die Welt ist voller Abgründe. Selbst die Bilder des Mobs, der das amerikanische Kapitol stürmt, haben sie verdrängt. There's no business like show business and I tell you it's so.»

Augusto staunt. «Er ist wieder Präsident? Und ich habe dies wirklich nicht bemerkt?»

«Scheinbar.»

«Und die grosse Pandemie?»

«Die ist vorbei. So wie Diego Maradona.»

«Und sein Abgang vor vier Jahren? Der Sturm auf das Parlament? Das klägliche Nichtloslassen der Macht?»

«Vergessen.»

Wenn dieses maliziöse Dr.-Beat-Lächeln nicht wäre. Die Mundwinkel verengen sich zu einem Strich, der an seinen beiden Enden leicht vibriert. Eine Zuckung, die Überlegenheit, Unsicherheit oder eine Form von Selbstironie ausdrücken könnte. Oder weiss Gott was. Vielleicht auch nur Erschöpfung nach dem langen Aufstieg.

«Vergessen?»

«Vergessen, ja. Der Präsident ist gläubig geworden. Er ist einer evangelikalen Kirche beigetreten und hat nach seinem Abgang ein Jahr lang nur geschwiegen. Sein Mara-Lago in Palm Beach hat er zu einem Gotteshaus umgebaut, aus dem seine TV-Sender jeweils um zwölf Uhr nachmittags und sechs Uhr abends immer live sendeten und zeigten, wie er betet. Als innere Reinigung. Sein ehemaliger Anwalt hat ihm anschliessend die Bibel gereicht, worauf der Präsident vor laufender Kamera jeweils einige Seiten daraus gelesen hat. Wortlos. Als Form von Sühne. Du weisst, die Amerikaner stehen darauf. Auf Beten und Moneten. Wer nicht twittert, betet. Aber irgendwann ist das dickste Buch fertig, dann wollte er wieder raus.»

«Du meinst, er habe die ganze Bibel gelesen?»

«Zumindest tat er so. Und da er schwieg, musste er diese Frage nicht beantworten. Zumindest hat er nicht mehr gelogen.»

Augusto schweigt und überlegt. Die Zeit auf der Alp

Tambo verstreicht langsamer als anderswo.

«Dann wäre Mel wieder First Lady.»

«Ex-First-Lady», verbessert ihn Beat, «aber das tut nichts zur Sache. Ich brauche dich. Ich bitte dich, noch einmal deine alpine Komfortzone zu verlassen und mich nach Paris zu begleiten.»

«Aber du wolltest mich umbringen. Ohne Mel wäre ich heute nicht mehr am Leben.»

Beat nickt.

«Ja, ursprünglich wollte ich dich sogar umbringen. Aber das ist doch schon sehr lange her. Die Weltgeschichte hat mich begnadigt, so wie die Weltgeschichte den Präsidenten begnadigt hat. Ich habe es schlussendlich nicht getan, aus welchen Gründen auch immer. Einer war, dass es sich beim Stoff, den ich dir verabreichen wollte, lediglich um ein Beruhigungsmittel handelte. Ohne weitere Nebenwirkungen. Und überhaupt: Gestern ist gestern, und heute ist heute. Heute bin ich dein Freund. Wir sind auf der gleichen Seite.» Er schaut Augusto mit starrem Blick in die Augen.

«Nesra», antwortet Augusto tonlos. «Das ist wirklich Teufelszeug. Kehr doch einmal den Namen um.»

«Das Leben ist eine ständige Veränderung, mein liebster Augusto. Was früher schlecht war, kann jetzt gut sein. Sind wir doch froh, dass du noch am Leben bist. Und ob du es glaubst oder nicht, so einfach hätte ich dich nicht gehen lassen, ich bin schliesslich keine schweizerische Sterbehilfeorganisation. Und auch nicht die personifizierte Pandemie, die uns das Leben so schwer machte.»

«Die Rache Chinas», entgegnet Augusto.

«Ja, die Rache Chinas. Der Präsident hatte es immer gesagt.»

«Aber wie hast du uns gefunden?», versucht er das Gespräch auf andere Bahnen zu lenken.

Beat, froh darüber, nimmt den Faden sofort auf.

«Kein Problem, dein Handy. Wir wussten immer, wo du bist. Seit jenem Julitag vor sechs Jahren in Venedig. Nur einmal, als die First Lady» – Beat räuspert sich – «die ehemalige First Lady Harry's verliess und im strömenden Regen ihr Handy abstellte, hatte die CIA für einen kurzen Moment die Übersicht verloren. Doch das ist vernachlässigbar.»

Beat weist auf die Sitzbank vor der Alphütte. «Wollen wir sitzen? Und überhaupt: Hast du ein Glas Wasser für einen müden Wanderer? Der Weg zur Alp Tambo ist beschwerlich.»

«Chéri, ist jemand da?»

Augusto dreht sich um. Unter dem Türrahmen steht Mel in einem weissen Udo-Jürgens-Bademantel. Venzini versucht sie mit einer schnellen Bewegung zur Umkehr zu bewegen, doch Beat winkt ab.

«Lass es, Augusto, ich weiss doch, dass Mel hier ist. Das ist doch kein Problem. Was ich dir ausrichten will: Mister President hat ihr verziehen.»

«Verziehen?»

«Ja, verziehen. Einzige Bedingung: Du erzählst niemandem, wer Mel ist. Und – zweitens – du verlässt sie in den nächsten zwanzig Jahren nicht. Ansonsten könnte es ungemütlich werden auf der Alp Tambo.»

Pestalozzi lächelt. Augusto merkt, wie sich auf seinem

geglätteten Gesicht die ersten Falten gebildet haben.

Vielleicht ist er doch nicht so cool, wie er immer tut, denkt Venzini.

Mel ist wieder in der Hütte verschwunden, taucht aber mit einem Glas Wasser auf, das sie Beat wortlos und ohne ihn mit einem Blick zu würdigen, hinstellt. Pestalozzi reagiert mit professioneller Gelassenheit, nimmt das Glas und leert es in einem Zug.

«Das tut gut.»

Als er zu Mel aufblickt, realisiert er, dass sie längst wieder im Innern der Hütte verschwunden ist.

Dann wendet er sich zu Augusto: «Weisst du, dass hier oben 92 Milchkühe und 23 Schweine leben? Und ein Starfotograf und eine First Lady? Nicht so schlecht.»

Vielleicht ist dies seine Art zu provozieren, Augusto schweigt.

«Also, mein Freund, der Präsident hat dir schon lange verziehen, er liess Mel bereits nach dem ganzen Desaster in Venedig gehen. Es wäre für ihn ein Leichtes gewesen, dich zu eliminieren. Aber er hat dich begnadigt, so wie er an Thanksgiving einen Truthahn begnadigt. Und überhaupt, das ganze Theater seiner Abwahl hat ihn zu fest absorbiert, der Auszug aus dem Weissen Haus war für ihn so schmerzhaft, dass er dich und Mel vollkommen vergass. Er vergass sogar, dass sie existierte. Der Glaube hat ihn am Ende gerettet. Dein ganzes ‹Ich verabschiede mich von dieser Welt›-Theater auf der Alp Tambo wäre unnötig gewesen.»

Beat gluckste. «Im Gegenzug musste ich ihm aber Kontakt zu Juliana verschaffen. Du weisst», Beat lächelt, «er steht auf Osteuropäerinnen. Und auf Russinnen besonders. Nicht zuletzt, um den Kontakt zum Riesenreich herzustellen. Juliana hat ihm übrigens sehr gut gefallen und ihm über den Verlust von Mel weggeholfen.»

Augusto spürt, wie sich in ihm alles zusammenzieht. Ein Schmerz in der linken Brusthälfte, dieses verdammte Herz.

Juliana gegen Mel, was für ein Deal. Aber nicht die schlechteste Wahl: Aus der Ferne sehen sie gleich aus. Darum ist das Verschwinden der First Lady nicht aufgefallen, darum hat sie sich nicht mehr gemeldet.

«Du weisst, Augusto, der Präsident kann keinen zusätzlichen Ärger gebrauchen. Für ihn ist alles ein grosser Deal: Juliana gegen Mel. Während des Wahlkampfs tauchte verschiedentlich das Gerücht auf, die First Lady habe ein Double. Es war kein Double, es war Juliana. Und überhaupt: Zuerst hatte sie mich, dann dich – und jetzt den mächtigsten Mann der Welt, der erneut am Ruder ist. The show must go on. So, wie sie es sich immer gewünscht hat. Aber eigentlich» – Beat senkt seine Stimme, damit ihn nur Augusto hören kann – «eigentlich liebt der Präsident nur sich und seine blonde Tochter. Und neu ein bisschen den lieben Gott. Doch die Tochter lebt jetzt mit ihrem Mann in Grönland, als offizielle Vertreterin des Präsidenten. Du weisst, die Amerikaner haben es als erste Amtshandlung des Neu-Alt-Präsidenten vor wenigen Wochen aufgekauft. Juliana – so hört man in Washington – habe es sich gewünscht. Die Kälte Grönlands ist gegen sibirische Kälte chancenlos.» Doch Augusto hört gar nicht mehr hin. Zu abstrakt, zu absurd erscheint ihm das Ganze.

Und er, der Starfotograf auf der Alp Tambo, mittendrin. Er beobachtet, wie zwei Eringerkühe aufeinander losgehen. Als gäbe es nichts anderes auf der Welt. Sein Blick fällt auf seine blau-weisse Venezia-Swatch: Mittlerweile ist es bereits vier. Doch Augusto fühlt sich von der Zeit losgelöst. Selbst Beat, seinen alten Widersacher, nimmt er nicht mehr wahr.

Irgendwann unterbricht Beat die Stille. «Ich habe noch einen Auftrag für dich, den du nicht ablehnen kannst. In Paris, 14. Juli 2025. Der französische Präsident wünscht, dass du da bist und fotografierst. Seit deinem Eintrag in der Larousse-Enzyklopädie hast du in Frankreich den Status der Unsterblichkeit erreicht. Unsterblich werden, um dann zu sterben.»

Beat realisiert in diesem Moment, wie schlecht sein Scherz ist, und versucht das Ganze mit einem Wortschwall zu übertünchen.

«Eigentlich war die Wiedereröffnung schon für 2024 geplant. Als der französische Präsident aber realisierte, dass sein amerikanischer Freund wieder an die Macht kommt, hat er den feierlichen Akt um ein Jahr nach hinten verschoben. Höchstwahrscheinlich», Beat zwinkert vielsagend, «sind noch ein paar Sympathiedollars geflossen. Aber kann uns ja egal sein: Wir alle sind irgendwie käuflich, ausser du vielleicht, du Monument der Moral. Augusto, das hättest du auch nie gedacht: Am Ende deiner Karriere wirst du noch Staatsfotograf. Aber keine Bange, auch Michelangelo arbeitete für den Papst.» Bei Augusto keine Regung. Dr. Beat ist nicht sicher, ob er ihn überhaupt noch bemerkt. Er hat seine Augen geschlossen. Beat steht auf, bindet seine Wanderschuhe und tritt auf die Wiese hinaus. «In den Bergen gibt es wirklich keine Sünd», seufzt er.

Sogar die beiden Eringerkühe haben aufgehört zu kämpfen und liegen erschöpft in der Wiese. Die Sonne küsst den Piz Tambo. Morgen ist wieder ein Tag. Langsam tritt Beat den Rückzug an.

2.

Augusto nimmt seine Leica, fixiert die Rednerbühne, dreht, bis alles scharf ist. Es ist Montag, der 14. Juli 2025. Eigentlich kann es nur noch wenige Minuten dauern. Die Notre-Dame im Hintergrund erstrahlt in voller Pracht, gestützt von 1300 Eichen, die aus dem ganzen Land angekarrt wurden. «Holz isch heimelig», sagt der Schweizer, heute gilt dies sogar für die Grande Nation. Das Gotteshaus vibriert voller wiederentdeckter Vitalität. Als wäre es direkt einem Jungbrunnen entsprungen oder von einer Ladung Nivea Q10 getränkt worden. Dr. Beat pufft Augusto in die Seite.

«Wer hätte das gedacht, dass wir einmal gemeinsam hier stehen würden?»

Augusto nickt nur, er ist froh, kann er sich auf seine Bilder fixieren. Dieses Dr.-Beat-Geschleime provoziert in ihm ein Unbehagen, das nicht einmal durch eine 24-stündige Modern-Talking-Klangdusche übertroffen werden könnte. Doch er unterdrückt jeden Kommentar, zu fest ist er immer noch von Beat abhängig. Zumal Venedig nicht ganz vergessen ist.

Die Stimmung ist heiter, ja gelöst. Der französische Präsident hat sein Versprechen gehalten und die Kathedrale wiederaufgebaut. Zwar ein Jahr später als prophezeit, aber was ist dies im Vergleich zur Ewigkeit. Und dies, obwohl all die versprochenen Millionen der Grossschwätzer gar nie eingetroffen sind. Ein christliches Wunder: auferstanden aus Ruinen.

Eine adrett gekleidete Französin geht zum Mikrofon, klopft mit ihrem Daumen leicht daran. Sie wirkt erleichtert: Ein schales Poppen hallt aus den überdimensionierten Lautsprechern.

Gleich kann es losgehen.

Augusto schaut um sich. Das Gros der französischen Gesellschaftsprominenz ist da, all die Eliteabgänger, die Napoleoniden, die Ganz- und Halbadligen, die Royalisten, die Monarchisten, die Republikaner, die Anti-Republikaner, die verbürokratisierten Sozialisten, die ewigen Kommunisten und auch die Kirche. Der Bischof von Paris und der Gesandte des Papstes. Der Stellvertreter Gottes ist wegen einer Grippe unabkömmlich. So die offizielle Version. Aber vielleicht wollte er auch den französischen Präsidenten, der sich nicht nur als Stellvertreter seines Chefs fühlt, sondern als dieser persönlich, nicht unnötig konkurrenzieren. Gott in Frankreich ist das höchste Karriereziel. Selbst die gesamte Showprominenz ist anwesend:

all die Belmondos, Delons, Deneuves und Michel Drucker mit ihren Rollatoren. Und sogar die Gebeine Johnny Hallydays wurden von Saint-Barthélemy herangekarrt, um Frankreichs Gloire die angemessene Ehre zu bezeugen. Dazwischen – leicht verloren – alle amtierenden Fussballweltmeister. Zum Glück bin ich mit Sputnik V geimpft, denkt Augusto. Auch Jahre nach der Pandemie fühlt er sich in grossen Menschenmassen unwohl.

Plötzlich setzt von den Champs-Élysées ein schrilles Pfeifkonzert ein: die Gelbwesten. Zwar weit weg, aber doch nah genug, um die Feierstimmung zu stören.

Die Staatsmaschinerie schaltet schnell: Eine überlaute Marseillaise erklingt, so dass die Verstärkeranlagen beinahe bersten.

Aux armes, citoyens! Formez vos bataillons!
Marchons, marchons!

Augustos Ohren schmerzen. Für einen kurzen Moment überlegt er, sich mit seinen Fotografenfingern seine Ohren zu stopfen, doch dies hätte man wohl als Affront empfunden, als antifranzösischen Akt, so dass er es unterlässt.

«Da müssen wir durch», flüstert Dr. Beat. Augusto stört, dass dieser jegliches Distanzgefühl ignoriert. Als wollte er seine Macht durch die fehlenden Zentimeter demonstrieren.

Ein weiteres «Marchons, marchons» setzt ein. Noch ohrenbetäubender, noch blecherner als das erste Mal. Und plötzlich versteht Augusto den ganzen Irrsinn: «Marchons,

marchons» tönt fast gleich wie der Name des Präsidenten, der just in diesem Moment wie aus dem Nichts auf der kleinen Bühne erscheint. Augusto richtet den Fokus auf ihn. Plötzlich realisiert er, dass er der einzige Fotograf ist. Und noch ausstaffiert mit dem höchsten staatlichen französischen Orden, demjenigen der Ehrenlegion. Der Dank der Nation. Hoffentlich behelligt ihn diese aufsässige Dornenkronenretterin nicht.

Monsieur le Président de la République räuspert sich.

«Chers compatriotes, liebe Französinnen und Franzosen, ich freue mich, Ihnen mitzuteilen, dass die Notre-Dame wieder Ihnen gehört. Noch schöner, noch grösser als je zuvor. Als Denkmal der Grösse Frankreichs, als Zeichen und Signal, dass die christlichen Werte und der alte Westen alles überragen. Notre-Dame hat sogar der grossen Pandemie getrotzt.»

Die Menge applaudiert. Dann hebt er die Stimme, als wollte er etwas Unangenehmes ganz schnell hinter sich bringen:

«Liebe Französinnen und Franzosen, dass dies so schnell möglich war, haben wir auch unseren Freunden jenseits des Atlantiks, den Amerikanern, zu verdanken. Vor allem ihm ...» Die perfekte Rede von Monsieur le Président de la République wird durch ein winzig kleines Würgen unterbrochen, das ihn zwingt, eine Kunstpause von einer Tausendstelsekunde einzulegen, was dem amerikanischen Präsidenten, bislang im Hintergrund versteckt, die Möglichkeit gibt, die Bühne zu betreten. Augusto drückt ab, als stünde er in einem Schützengraben des Ersten Weltkriegs. Die Menge erstarrt, unsicher, was auf der Bühne geschieht. Hinter der Notre-Dame deuten sich – als hätte der Himmel die Regie übernommen – dunkle Wolken an.

Der amerikanische Präsident, der zwei Impeachments, die Pandemie, eine Abwahl, eine Verurteilung als Betrüger und Belästiger und seine Bekehrung zum Christentum überlebt hat, wirkt erstaunlich fit und schlägt Monsieur le Président de la République jovial auf die Schulter. Nur seine Haare sind nicht mehr blond, sondern grau. «So schnell bringen wir den auch nicht los», raunt Beat Augusto ins Ohr. Ein Leben in der Kirche oder auf dem Golfplatz ist langfristig auch kein Leben, sogar wenn einem die Golfplätze, wie zuletzt in Grönland, selber gehören.

«My dear friend», sagt der Präsident mit amerikanischer Entspanntheit, «my dear friend, I'm back! With God's help. Und mit einem Willkommensgeschenk: Das amerikanische Volk, hard American workers and patriots, freut sich, euch – 139 Jahre nach eurem Geschenk der Freiheitsstatue – etwas zurückgeben zu können: nämlich eine völlig neue Notre-Dame. Aufgebaut von uns, finanziert von mir. So wie wir in Las Vegas Venedig oder den Arc de Triomphe noch perfekter gemacht haben, schenken wir euch eine noch viel schönere und stabilere Notre-Dame.»

Ein Raunen in der Menge, das der amerikanische Präsident überhört. «Und deswegen erlauben wir uns, eure, unsere wunderbare Kathedrale, dieses Monument unserer christlichen Werte, in Zukunft nicht mehr Notre-Dame, sondern ‹Our Lady› zu nennen. Als Zeichen unserer transatlantischen Freundschaft und der Würdigung unserer wunderbaren neuen First Lady von Amerika.»

Eine ungläubige Stille tritt ein, nur von den Champs-Élysées hört man ein grelles Pfeifkonzert der Gilets jaunes. Monsieur le Président de la République steht wie zur Mumie erstarrt auf der kleinen Bühne. Innert weniger Sekunden ist er um Jahre gealtert.

Doch den amerikanischen Präsidenten scheint dies weder zu stören, noch scheint er es zu realisieren. Stattdessen greift er nochmals zum Mikrofon: «Let's make France great again!» Augusto sucht nach einer Ironie, die er aber nicht findet. Dann greift der amerikanische Präsident nach hinten und zieht Juliana auf die Bühne, die aber sofort seine Hand abschüttelt und sich vor ihn stellt, so dass er von unten nicht mehr sichtbar ist. Dann hebt sie ihre linke Hand, winkt ein-, zweimal in die Menge und lächelt ein Lächeln, das keines ist. Eine Sphinx. Nicht einmal Jacqueline Kennedy hätte dies besser gekonnt. Oder Mel. Doch Augusto würgt diesen Gedanken sofort ab und drückt pausenlos ab, als könnte er sich im Schutz seiner Kamera gegen die Realität wehren. Beat pufft ihn wieder in die Seite. Jetzt lässt es Augusto zu.

«Unsere Juliana, wer hätte das gedacht. Als neue First Lady. Und genial, wie der grosse Dealmaker diese Notre-Dame wiederaufgebaut hat.

Die Franzosen wären dazu nicht in der Lage gewesen, keiner ihrer grosskotzigen Unternehmer hat am Ende nur einen Euro bezahlt. ‹Our Lady›, welch Namen. Als Teil seines Hotelimperiums. Ja, auf die Amis ist Verlass, ohne Amerikaner gäbe es kein französisches Protzgehabe, wie schon im Zweiten Weltkrieg.» Dann beginnt Dr. Beat, wie verrückt Juliana zu winken. Doch diese übersieht ihn und sucht mit einem seltsam leuchtenden Blick das Objektiv von Augustos Leica. Ohne sich etwas anmerken zu lassen. Oder noch banaler: Vielleicht hat sie ihn einfach vergessen. Dieses goldene Kleid steht ihr verdammt gut, denkt Augusto. In vollkommener Harmonie zu ihrer goldenen Rolex, die an ihrem linken Armgelenk wie der verirrte Stern von Bethlehem leuchtet.

Und erst ihre Haltung. Es ist die Haltung einer Frau, die weiss, dass sie ganz oben angekommen ist. Hat sie das Fisch-Tattoo von Maxim Ilinov, dem Kosaken-Warhol, oberhalb ihrer Brust noch? Oder hat sie es mittlerweile entfernen lassen? Oder musste sie es – auf Geheiss ihres Gatten – durch ein Kreuz ersetzen lassen?

Dr. Beat dreht sich zu Augusto und beginnt zu flüstern. Nach dessen Abwahl habe sie ihrem Mann gedroht, sollte er nicht mehr erneut als amerikanischer Präsident kandidieren, würde sie eine Affäre mit dem russischen Präsidenten beginnen. Ihr Leben sei zu kurz, um in der Anonymität und Machtlosigkeit zu verschwinden. Diese kleine Drohung habe gewirkt. Nur deswegen – und dank einiger Spritzen – sei der unkontrollierbare Rabauke wieder mächtigster Mann dieser Erde und zweitmächtigster Mensch im Weissen Haus. Woher dieser Zürcher Schmierenanwalt dies alles weiss, denkt Augusto.

Einige der französischen Würdenträger – aus der Schockstarre gelöst – beginnen mit einem leichten Pfeifen, was genauso unpassend wirkt wie der ganze Anlass. Doch der Regisseur stimmt abrupt nochmals die Marseillaise ein. Als Allzweckwaffe gegen unliebsame Störer. Als könnte er damit die Realität ungeschehen machen und

eine weitere Peinlichkeit vermeiden. Nur alles viel lauter
als zuvor.

Aux armes, citoyens! Formez vos bataillons!
Marchons, marchons!

Die beiden Präsidenten winken nun, ineinander verhakt,
der Menge zu, ignorierend, dass diese nicht zurückwinkt.
Was eigentlich auch unwichtig ist. Lediglich Alain Delon
wirft hinter seinem Rollator Juliana eine Kusshand zu.
Was Stil beweist.

Hinter Our Lady hat sich gross und bedrohlich eine
Gewitterwolke aufgetürmt. Die Regie Gottes ist präzise,
eine Inszenierung voller Symbolik. Wenige Sekunden später entleert sich der Himmel über dem christlichen Monument, und das Gros der eingeladenen Gäste stürmt – vor
dem einsetzenden Starkregen flüchtend – in die neu ge-
baute Kathedrale.

«Immer dieser verdammte Regen», sagt Augusto,
während er einen Plastikschutz über die Kamera stülpt.
«Zuerst in Venedig, jetzt hier.» Beat hält helfend einen
Regenschirm über ihn. Für einmal ist er froh, dass er hier
ist.

Es scheint ihm sogar, als ob er sein persönlicher Auf-
passer wäre, sein Schatten. Eingesetzt von oberster Stelle.
Aber Augusto ist alles egal. Wenn nur dieser Regen auf-
hören würde. «Unser Präsident hat uns verraten», schreit
eine uralte Mumie vor ihm. Ein Royalist, ein Monarchist,
ein Kommunist? Das Wasser durchnässt seinen teuren

schwarzen Anzug. Der Stoff klebt am ganzen Körper. «Verrat, Verrat!» – «Die Franzosen sind in einer Permanentrevolution», flüstert Beat Augusto zu, ‹Les Misérables› in einer Endlosschlaufe. Wie lächerlich dies alles ist!» Die klatschenden Tropfen verschlucken alles. Über die beiden donnert eine Staffage von Jagdfliegern hinweg. Doch Augusto Biedermann und Dr. Beat Brandstifter verlassen die Bühne. Die Arbeit ist getan. Frankreich hat seine Bilder, das Christentum und Gott ihre Kathedrale.

Voilà pourquoi Paris s'enroule,
S'enroule comme un escargot,
Pourquoi la terre s'est mise en boule
Autour des cloches du parvis
De Notre-Dame de Paris ...

3.

«Aux armes, citoyens! Formez vos bataillons! Marchons, marchons!», pfeift Augusto zwei Tage später, als er den steilen Weg zur Alp Tambo hinaufsteigt. Die braune Maxwell-Scott-Tasche lässig über die Schulter gehängt, darin seine treue Leica. «Aufwärts beschleunigen», wie ein Grösserer predigte. Gestern Abend hat er noch lange im Hotel Ritz mit Beat gefeiert. Stilgerecht in der Hemingway-Bar. Als könnte er den Alten doch nicht ganz vergessen. Sie tranken, später leerten sie Champagner um Champagner, bis Augusto Beats weinerliche Anbiederun-

gen nicht mehr ertrug und Müdigkeit vortäuschte. «Aber
nicht du und jetzt», lallte Beat, «a star who never sleeps.»
Es nützte nichts, Augusto wollte, mochte nicht mehr. Zu
fest war er an Beat gekettet, Pat und Patachon, Harry und
William, Papst und Gegenpapst. Allein die Tatsache, dass
beide Schweizer sind und einmal die gleiche Frau geliebt
haben, reicht nicht für eine Männerfreundschaft. Dazu genügt nicht einmal, dass sie sich ständig an Hemingway-
Plätzen treffen. «Hemingway», schnalzte Augusto, «wo
war er überall?» In Kuba, in Miami, bei Harry's, im Ritz,
in Lech am Arlberg, in Pamplona, in Afrika und in Spanien. Dieser Überdruss von Testosteron, die globalisierte
Männlichkeit ist für Augusto unerträglich. In diesem Moment wurde ihm, dem fleischgewordenen Frauenversteher,
klar: Dagegen musste man sich wehren. Abgesehen vom
vor sich hingrunzenden Beat war die Bar leer, die Kellner in der Küche verschwunden. Augusto näherte sich den
Hemingway-Porträts und -Titelblättern, die allesamt fein
säuberlich an der hinteren Wand aufgehängt waren, und
fixierte diese lange. Dann nahm er den kleinen Hammer
hervor, den er seit seiner Rückkehr aus Venedig in seiner
Maxwell-Scott-Tasche versteckt hatte, und zertrümmerte
mit einem gezielten Schlag jedes einzelne Bild. Als Pro-
test gegen die Inkarnation des weissen alten Mannes. Die
schwarze Schreibmaschine, die danebenstand und zu Hemingways Utensilien gehört haben soll, verschonte er.

Beat schaute Augusto mit leerem Blick beim Zerschlagen
der Bilder zu, war aber zu keiner Regung mehr fähig – der
Champagner zeigte Wirkung. Standesgemäss: Champagne

Ritz Réserve Blanc de Blancs / Baron de Rothschild, nicht ganz günstig, aber kopfwehfrei. Kaum hatte Augusto das letzte Bild zerschlagen, steuerte er auf den aus der Küche herbeieilenden Kellner zu und zeigte auf Beat: «Er war es.» Bevor Augusto endgültig die Bar verliess, schaute er nochmals kurz zurück. Die Szenerie erinnerte ihn an das Kapitol von Washington, nachdem es vor vielen Jahren von Anhängern des neu-alten Präsidenten gestürmt wurde.

Am nächsten Morgen – kurz bevor Paris erwacht – verlässt Augusto das Hotel und ordert ein Taxi. Fast fluchtartig. Für die Jahreszeit ist es noch erstaunlich kühl, doch das wird sich schnell ändern. Der Eiffelturm wacht wie eine gute Fee über die Stadt. Und auch die Notre-Dame, die nicht mehr Notre-Dame heisst, dominiert wieder das Stadtbild; so als wäre nichts geschehen. Selbst der Dachreiter ragt wieder in den Himmel. Augusto scheint es, als wäre er noch höher und selbstbewusster als vor dem Brand. Doch aus dem fahrenden Auto ist dies nicht so genau erkennbar. Wegen einer Frau hätte man die Kirche nicht anzünden müssen, denkt Augusto. Zu gross der ganze Aufwand. Als er dies gestern Beat ins Ohr flüsterte, nur ein gequältes Lächeln hinter dem Champagnerglas. Für einen kurzen Moment glaubte Augusto, so etwas wie Scham in seinem Gesicht zu erkennen, ganz sicher war er sich aber nicht. Anwaltsgesichter sind gegen jede Form von Realität gefeit.

Augusto ist froh, als das Taxi kurz vor zehn beim Gare de Lyon ankommt. Wie befreiend, praktisch keiner trägt

143

eine Schutzmaske. Vielmehr verspürt er eine sommerliche Leichtigkeit, die langsam durch alle Poren der Stadt drängt. Als wäre es immer so gewesen. The Roaring Twenties konnten beginnen, mit leichter Verspätung zwar. Und Papa Hemingway, deren Schutzheiliger, feiert trotz der zerstörten Vitrinen in seiner eigenen Bar seine Reinkarnation. In zwanzig Minuten wird der TGV nach Zürich zurückgleiten. In der grossen Bahnhofshalle erwirbt er noch eine Sonderausgabe von «Paris Match», die eigens zum Wiederaufbau der Notre-Dame gedruckt wurde. Ausschliesslich mit seinen Bildern. Darunter ein Kommentar, der die grossartige Völkerfreundschaft zwischen Frankreich und den USA beschwört. Wer zahlt, hat immer Freunde. «Monsieur le Président de la République, das haben Sie gut gemacht!» Augusto schüttelt den Kopf, Opportunismus bleibt die Triebkraft des Lebens. Ganz klein ist noch angeführt, dass der französische Präsident dem eigentlichen Täter, einem Bauarbeiter, der zurzeit verletzt in einem Spital liege, Amnesie gewähre. Einzige Bedingung: Er müsse auf eine französische Südseeinsel auswandern und dürfe sein ganzes Leben lang nie mehr über den Brand der Notre-Dame sprechen. Augusto schluckte leer, nun würde die Wahrheit endgültig im Meer des Vergessens verschwinden. Dieser wehrlose Bauarbeiter war der einzige Zeuge, der sah, wie Beat Pestalozzi wenige Minuten vor dem Ausbruch des Brandes das Baugerüst zum Dachgeschoss hochkletterte. Aber was ist schon Wahrheit? Ist sie nicht nur eine Variante vieler Möglichkeiten? Manchmal nicht einmal die wahrscheinlichste. Draussen rauscht die französische Champagne vorbei. In wenigen

Minuten wird der Schnellzug die Schweizer Grenze überqueren, die es entgegen allen Prognosen immer noch gibt. Immer wieder sieht er vor seinem inneren Auge den amerikanischen Alt-Neu-Präsidenten, wie er vor der wiederaufgebauten Notre-Dame erscheint. Daneben Juliana. Er kann das Bild nicht aus seinem Hirn löschen. Alles dürstet immer nach einem Happy End, denkt Augusto. Ausser der Realität. Jede Geschichte, hatte einmal ein Landsmann von Augusto geschrieben, sollte nach dem schlimmstmöglichen Ende streben. Dieser Autor hatte nur einen Makel, er war berühmter als Augusto.

Die Sonne hat ihren Höchststand erreicht, als er endlich auf der Alp Tambo ankommt. Seinen Wohnsitz hat er längst in die Bündner Berge verlegt, weit weg von der Weltstadt an der Limmat, die eigentlich keine ist. Vor allem Mel zuliebe. Es ist ein wunderbarer Sommertag, die Weiden in ihrem knalligsten Grün, sogar die Eringerkühe muhen vertraut. «Grüezi, meine Freunde», ruft Augusto und klopft einer auf den Rücken. Irgendwie scheinen sich die Viecher an die neuen Gäste gewöhnt zu haben.

Der Piz Tambo präsentiert sich strahlend im grellen Mittagslicht. Augusto bleibt einen kurzen Moment stehen, um durchzuschnaufen. Kühle Bergluft füllt seine Lunge. Ein kurzes Piepsen stört die Idylle, Augusto schaut auf sein iPhone.

Eine SMS von Beat.

«Mein liebster Freund, es war ein wunderbarer Abend gestern. Vielleicht wird es doch noch etwas zwischen uns.

Ich bin momentan auf der Polizeiwache. Wegen der angeblichen Zerstörung der Hemingway-Bilder. Weisst du mehr? Ich mag mich nicht mehr erinnern.»

Augusto lächelt und beobachtet einen Eringerbullen, wie er sich einer Kuh nähert. Als hätte er nichts vom Zeitgeist mitbekommen.

Die Demolierung eines amerikanischen Nationalhelden kann teuer werden. Hemingway ist auch in den MeToo-Zeiten sakrosankt, der US-Humor kennt seine Grenzen. Beat wird schon bald erfahren: Paris ist nicht nur ein Fest fürs Leben, es kann auch ein Albtraum für Monate sein.

Eigentlich war er noch gnädig: Nächstes Mal wird er ihm einen Tropfen Nesra in den Gin Tonic schütten. Als Warnung. Doch Berge sind nicht für trübe Gedanken gemacht. Und überhaupt: Nichts ist vergänglicher als der Streit von gestern.

In wenigen Minuten wird er Mel in die Arme schliessen. Vielleicht wird er ihr ins Ohr flüstern: «Willst du nach Paris in die» – Augusto wird dabei die Stimme heben – «Our Lady? Oder nach Venedig zu Harry's?» Die Welt ist wieder offen, die grosse Pandemie endgültig Vergangenheit. Rückblickend erscheint alles wie ein irrwitziger Betriebsunfall im Weltgeschehen, der definitive Beweis, dass die Chaostheorie keine Theorie ist.

Mel wird demonstrativ empört ihren weissen Bademantel zusammenziehen, einen lasziven Blick aufsetzen, um nach kurzem Zögern zu antworten: «Darling, am allerliebsten bleibe ich hier.»

Zürich, Januar 2020 und April 2021

Die zitierten Liedtexte stammen von Charles Trenet,
Edith Piaf, Joe Dassin, Charles Aznavour, Johnny Hallyday,
Umberto Tozzi, Toto Cutugno, Neil Diamond und
der französischen Nationalhymne, der Marseillaise.

Das Zitat «Aufwärts beschleunigen» ist dem Roman
«Angstblüte» von Martin Walser (2006) entnommen.

Auch von Matthias Ackeret:

Matthias Ackeret

Eden Roc

Roman

Der Boulevardjournalist Marcel du Chèvre ist im weltberühmten Hotel Eden Roc
an der Cote d'Azur untergetaucht. Dort versteckt er sich vor seinem Verleger
Manni M., dem er ein Manuskript versprochen hat. Während Manni M. in Zürich
verzweifelt seinen Starautor zu kontaktieren versucht, lernt Marcel du Chèvre
eine geheimnisvolle Schönheit mit dem Namen Brett kennen. Diese entführt ihn
auf eine Reise, die ihn von Montauk, über New York nach Pamplona führt, wo
er mit einem unehelichen Sohn von Ernest Hemingway und seinen eigenen Ab-
gründen konfrontiert wird. «Der Plotvirtouse» (Martin Walser), «Boulevard
als hohe Kunst» (Alfred Wüger in der Schweiz am Wochenende), «Ich habe den
Roman in einem Zug gelesen, schwer war das nicht» (Michael Bahnerth in der
Basler Zeitung).

Belletristik, 160 Seiten, Broschiert, 2. Auflage,
ISBN 978-3-907301-29-6, **CHF 19.–/ 19 Euro**